総指揮官と私の事情 1

夏目みや

Miya Natsume

RB

レジーナ文庫

登場人物紹介
アリオス・ランバートン
23歳という若さで、騎士団の総指揮官を務める。超美形だが、冷静沈着でかなり無表情。
恵都（ケイト）
突然、異世界にトリップした20歳の女の子。アリオスに衣食住の面倒をみてもらうが、ニートのままではいけないと、自立を決意する。

クイーラ
ケイトに絡む、お色気満載の女性。どうやら過去にアリオスと何かあったらしいが……
エリーザ
儚げな見た目の、名家の令嬢。アリオスのお見合いの相手。
アルビラ
気の強い、おませな貴族令嬢。わずか8歳にして恋に悩む。
エディアルド
ケイトが働く食堂に来るお客さん。上品な身なりの超美形。
レスター
アリオスを慕う副官。童顔の子犬属性で、かなりの苦労性。

目次

総指揮官と私の事情 1

1 「脱・異世界ニート」を目標に

ここは街の一角にある、フォンセ食堂。

昼時は騎士達で賑《にぎ》わいを見せ、夜は仕事帰りの労働者達でごった返す、いつも大忙しのこの食堂は、安いしボリューム満点。そしてアットホームで居心地のいいお店だと評判だ。

気のいいおかみさんと、そのおかみさんの尻に敷かれている優しいおじさんが切り盛りしているのだが、そこに最近、一人従業員が増えた。

それが、この私。名前は恵都《ケイト》、二十歳。

テーブルの後片付けをしていると、隣で食事をしている騎士達の会話が自然と耳に入ってくる。

「なぁ、聞いた? 最近、総指揮官殿が直々《じきじき》に指導しているらしいぜ」

「あの人は、言葉で教えるより実践派だからな。そして何より妥協を許さない性格だから、相手が倒れるまでやるぜ。指導の場では、本当に鬼だよな」

「しかし最近、総指揮官殿、いつにも増して威圧感漂《ただよ》うっていうか……」

「わっかる。なんか機嫌悪そうで近寄りがたい雰囲気だよな……」

すみません、騎士さん達。

その総指揮官殿というお人が、最近機嫌がよろしくないのは、もしかしたらアレ。

そう――

私が彼のもとを飛び出したせいかもしれない。


こうなった理由は、話せば長い。

元々地球にある日本という国で生まれ育ち、ちょうど短大を卒業した私は、この春から社会人になるはずだった。

それなのに、ある日道を歩いていたら、いきなり足下にできた黒いブラックホールに引きずり込まれ――たどり着いた先は、なんと異世界でした。

突然、映画で見るような西洋風の大きなお屋敷の広い庭にポツンといて、右も左もわからず途方《とほう》にくれたっけ。

そんな私の前に現れたのは、一人の見目麗《みめうるわ》しい男の人だった。

涙を流している私のことを、探るような目つきで警戒しながらも、いつの間にか無表情で立っていたのだ。

その男性というのが、先程の騎士たちの会話に出てきた、騎士団の総指揮官殿。

総指揮官と聞くと、どんなマッチョでヒゲボーンのおじさんかと想像してしまう人が多いだろう。しかし実際は逞《たくま》しい体つきで、淡《あわ》い茶色の髪に、切れ長の薄い青の瞳を持つ美青年だった。ちょっと――いや、かなり無表情なのが気になるけれど、慣れてしまえばなんてことはない。ちなみに、年齢は二十三歳だ。

その若さで総指揮官？　と最初は驚いたが、実力では右に出る者はいないらしく、頭も相当きれるらしい。

だが、部下である騎士達から聞く総指揮官殿と同一人物とは思えないくらい、私には優しかった。レディファーストなお国柄のせいか、女性には優しいのだろう。異世界ニートの私を保護してくれ、面倒を見てくれたのだから。

混乱して泣いている私を見て何を言うのでもなく、ただ側で泣き止むのを待っていてくれた。世話をしているからといって、特に何かを強要するでもなく、自由にさせてくれる。

衣食住全てが、まさに至れり尽くせりのお姫様扱い。

そうして、数カ月の間お世話になっていたんだけど、やがて私は自分の生き方に疑問を持ち始めてきたのだ。いつまでも甘えていてはいけないのでは？　と。

だいぶこの世界にも慣れてきたし、元々順応力がある方だと思うので、何とかやっていけるだろう。

小さい頃から親の仕事の都合で引っ越しを繰り返していて、もはや何回転校したのか自分でも覚えていないけど、どこへ行ってもつつがなく生活できていたし。

最初は異世界でもやっていけるのかなと思ったけど、言葉も通じるし、読み書きもできる。それに食べ物も美味《おい》しい。生活していく上での不便さは、さほど感じなかった。

ようは慣れよ、慣れ！

元の世界でも、ちょうど社会人になって自立するところだったのだ。

ちなみに私の両親は割と放任主義で、私の短大卒業と同時に海外でボランティア活動をやるとかなんとか言って、旅立って行った。だからしばらく家に帰らなくても大丈夫だろう。

そう色々考えたある日、総指揮官殿に勇気を出して宣言してみた。

「そろそろ自立を考えています」

――だけど、口の端を少し上げた彼に『却下』と瞬殺された。

私が『この人、過保護すぎる』と気が付いた瞬間だった。

もう大人なのに、屋敷から一人で出るのは危険と言われ、お出かけできるのは総指揮官殿の休みの日のみ。街に買い物に行ったら、どの店に行くのも一緒。私はそんな子供ではないはずだ。

毎日綺麗な服を着て、三度のご飯だけが楽しみな生活に、これじゃあいけないと思った。

朝、総指揮官殿と朝食をとり、仕事に行くのを見送る。

昼間は暇なので、本を読んだり、庭を散歩したり、昼寝したり、昼寝したり、昼寝したり……うん、ダメ人間だね！

総指揮官殿との夕食の席で、今日がどれだけ暇で時間を持て余したかを語る。情に訴える作戦ともいう。ただし訴えても、彼は口の端を軽く上げるだけ。

そうして、こんな生活×一八〇日ぐらい過ごしている。

異世界トリップした身で、本来なら路頭に迷うところ、総指揮官殿には衣食住の面倒を見てもらい、かなり感謝はしている。恩人といってもいい。

だけど、いつまでもこのままお世話になりっぱなしという訳にもいかない。もっと外の世界を感じて、無芸大食な私なりに一人でも生活できるようにならなくてはいけないのだ。総指揮官殿の厚意に甘えていちゃいけないと、今さらながら気付いた。

総指揮官殿は、騎士団の取りまとめをしているだけあって、常に冷静沈着。

余計な事は一切言わないし、私の話も聞いているのか、いないのか……反応は薄い。

その表情からは、感情があまり読み取れない。

たまに口を開いたと思ったら何故か固い言葉を使うので、『私の事、警戒している？』と、最初は思った。でも、これは彼にとっては普通の言葉遣いらしい。

そう思ったら、なんだか吹っ切れた。

最初の頃は、『話しすぎるとうるさいかしら？』と気にして必要以上に話さなかったけれど、もう自分の思うままに突き進む事にしたのだ。

だって、会話のない食事は、毎日お通夜みたいな暗さなんだもの。

それに、私が黙っていようが、ずっとしゃべっていようが、総指揮官殿の表情に変化はほぼなし。

ただ、今のところ総指揮官殿は耳を傾けてくれているように見える。その証拠に、たまに口の端を上げて微々《びび》たる反応を示している気がする。

いや、反応が薄いから、たとえ嫌がっているのだとしても、私は気付かないと思うけどね。

私は、とうに会話のキャッチボールというものをあきらめているから大丈夫。反応が薄くても気にしない。むしろ大きい独り言と認識して欲しい。だって、しゃべらないとストレスがたまるもの。

『女の人は話す事でストレスを発散させる』と、昔友達が言っていたけど、それは当たっていると思う。

しかし、そんな総指揮官殿だから、つい心配してしまう。総指揮官殿は迷惑でもはっきり言えないんじゃないのか……って。本心はどう思っているのだろう。

『異世界から来て、泣いていたから面倒を見てやったが、いつまでこの屋敷にいるのだろう』

『毎日毎日、飽きもせずにベラベラとやかましい』

『屋敷にいるなら、生活費入れろ』

とか、いろいろ思っていても、口に出せないだけとか……

それに総指揮官殿だって、二十三歳というお年頃。外見だって、文句のつけようがない端麗な容姿なので、女にもてない訳がない。

あえて言うなら、いつも冷静すぎて何を考えているのかよくわからないところがタマに瑕《きず》かな。

きっと、私みたいな凡人には想像もつかないような頭のいいコトを考えているんだろうけど。

屋敷に招きたい女性もいるかもしれないのに、こんな正体不明の女が居座っていたら、上手くいくものもいかないんじゃないのか？　もしかして、私ってば、恩人の恋路を邪魔してる？

そんなことを考え出したのもあって、総指揮官殿が公務で三日間留守にした隙に一大決心をした。

置き手紙に感謝の気持ちと、落ち着いたら連絡する旨《むね》を記《しる》し、『脱・異世界ニート』を目標に、外の世界に飛び出したのだ。

以前、総指揮官殿が街を案内してくれた際に見つけた、一軒の食堂。そこで住み込みの店員を募集する張り紙を見つけて、ずっと機会を狙っていたのだ。

ありがたいことに、ここの食堂のおじさんとおかみさんは喜んで私を雇ってくれた。気のいい人達で、素人《しろうと》同然の私に一から優しく教えてくれた。一週間経った今では『接客業は笑顔を絶やさず』をモットーに、仕事に励《はげ》む日々を送っている。ちなみに食堂の二階のひと部屋を借りて、そこに寝泊まりしている。

しかしここの食堂は、騎士達の憩《いこ》いの場だったらしく、お昼時には騎士の方達が大勢集まって来る。最初はすぐに見つかっちゃうかもしれないと思ったけれど、今のところは大丈夫。『灯台下暗《もと》し』とはこのことだわ。

「最近、妙に殺気だっているし、稽古《けいこ》をつけてもらっている連中も、体がもたないよな……」

騎士の一人が深いため息をついている。

しかし、総指揮官殿、話に聞く限りお元気そうでなによりだ。その反面、部下の人達は何だか憂鬱《ゆううつ》そうですが。何はともあれ、私は陰ながら総指揮官殿の健闘を祈ろうと思う。

そんなこんなで、昼時の忙しい時間はめまぐるしく過ぎていく。

あぁ、労働って、自立って素晴らしい！　いつか、堂々と総指揮官殿に会いに行ける日も、そう遠くはないはずだ。私は充実感を味わいながら、忙しく動き回った。

ふーふふふふーん♪

昼の忙しさも一段落つき、そろそろまかないの時間かしら？　と期待に胸を弾ませて鼻歌を歌っていた。

食堂の扉が開いて来客を告げるベルが鳴ったので、私は条件反射で声を出す。

「いらっしゃ…………いっ!?」

食堂に入ってきたお客の顔を見て、思わず声が裏返ってしまった。ついでに顔も引きつってしまう。

言っておきますが、こんな事初めてだから。いつもはちゃんと笑顔で挨拶《あいさつ》できているからっ！

言われたお客も私の裏返った声を聞いて、固まっている。

……いや、違う。私の顔を見て固まっていると言った方が正しいだろう。

やがて我に返ったお客は、靴音を立てながら足早に近寄って来た。

「やっと見つけた！　こんな所で何を!!」

いきなり私の両肩を掴んだ相手は、総指揮官殿の側近であるレスターだった。

「何って、見ればわかると思いますが？　仕事中です！　いらっしゃいませ！」

年齢の割に童顔なレスターは驚きをあらわにして言った。

「総指揮官殿が必死であなたを探しておられるというのに！」

「……は？」

総指揮官殿が私を探している？　それは、何故？　あの手紙を読んでいないの？

「とにかく無事で良かった！　部下達がここの食堂に最近、『可愛らしい黒髪の店員が入った』と噂していたので、もしやと思い、足を向けてみて正解でした！」

レスターは、興奮して顔を赤らめたまま、一方的にまくしたてる。

「とにかく一度、総指揮官殿のもとにお戻り下さい！　このままでは、騎士団に支障……いえ総指揮官殿のお体に支障が出てしまいます！」

レスターの様子とは逆に、私は冷静に尋ねる。

「ちょっと質問」

「はい？」

「私がここにいる事は、まだ総指揮官殿には、ばれていない？」

「もちろんです！　知っていたら、ご自分ですぐさま駆けつけるでしょう」

そうか、了解しました。興奮しているレスターに向かって、私は呑気《のんき》に答える。

「あのー、私が総指揮官殿のところに戻る理由はないと思うのですが……」

この答えを聞いてレスターの目が点になった。

「何をおっしゃいますか！」

「だって……」

こっちの世界に来て、一時的に保護してくれるだけならわかるけど、もう半年だよ？

これ以上私の世話をすることで、総指揮官殿に変な噂でもたったらどうするの？　それこそ将来に何か支障が出るかもしれないじゃない。

――それに、彼の側にいる理由がない。

恩人である彼の邪魔にはなりたくないと思ったのだ。

勝手に抜け出したのは悪いと思うけど、そうでもしなきゃ出してくれなかったんだもの。

だけど、落ち着いたら挨拶《あいさつ》に行って、ちゃんと自立した私の姿を見せて安心してもらうつもりだったのだ。やはり顔を見てお礼を言わなければいけないとも思っていたし。

ただ、今はまだその時ではない。

「まず一度お戻りを!!」

「ダメです」

「そこを何とか！」

「嫌です」

渋る私と、レスターとの間で押し問答が繰り広げられる。

食堂のおかみさんとおじさんが、心配そうな顔をしてそのやり取りを見ていた。

＊　＊　＊

「そうか……彼女が……」

「はい！　はいぃぃぃ!!　本当に、本当に！　昨日までここに居たのです！」

側近であるレスターは、涙目になりながら必死に弁解している。

今日の早朝のこと。レスターからの一報を聞いた自分は高鳴る胸を抑え、すぐさま街の一角にある食堂に駆けつけた。彼女の姿を探すが見当たらず、食堂を営んでいる夫婦に尋ねると、すでに彼女は昨日付けで店を辞めたとのこと。

自分でも驚くぐらいに落胆する。期待した分だけ余計に……だ。

人知れずため息を漏らし、眉間に皺《しわ》が深く刻まれる。

しかし、ここで働いていたのか――

この食堂は、騎士達の噂で聞いた事がある。値段の割に量もあり、味もなかなかのものだ、と。

しかし、こんなに近場にいたのなら、もっと早くに見つけられたかもしれないのに。

そう思うと、悔やんでも悔やみきれない。

古いけれど、掃除の行き届いた清潔な店内を見回す。木で出来た店内は素朴な造り。

窓のカーテン、テーブルに並べられたランチョンマットなどは、全て手作りであろう。

家庭の温かみを感じられる食堂だ。

ここで彼女は、何人もの客にあの屈託のない笑顔を振りまいていたのだろうか。

しばらく店内を隅々まで眺めていたが、その間もレスターの弁解は続く。

「本当に昨日はこの食堂で働いていたのです！」

「……そうか」

「はいっ！　黒い髪を一つに束ねて、白いエプロンをして自分に『いらっしゃいませ』と言ったのです！　確かにここにいたのです！」

「…………」

思わず目を細めると、先程まで興奮して赤かったレスターの顔色は、一瞬にして青くなった。まるで『しまった』とでもいうように。

頭の中で、レスターから聞いた彼女の様子を想像する。

白い肌に、長いまつげ、キラキラ輝く大きな黒い瞳。くるくる変わる表情に、笑うとえくぼの出来る右頬。

気転が利き、少し早い口調で次から次へと言葉を紡ぎ出す、あの小さく赤い唇。

そんな彼女が、いくら客とはいえ、他の男と話をしていたかと思うと、心中穏やかではいられない。何事にも動じない――よく人からそう評されているが、それは偽《いつわ》りだったと自覚する。

何故、彼女が自分のもとから急にいなくなったのか、彼女が去ってからは自問自答の日々だ。

彼女ととる毎朝の朝食は、明るい一日の始まりを意味していた。

朝は苦手なのか、まだ半分眠りから覚めていないような顔をして、いつもテーブルにつく。

そして自分が仕事で屋敷から出る際は、必ず見送ってくれた。見送られるたびにこう思ったものだ。

——今日も業務を終えたら早く帰ってこよう、と。

夕食では、一日の行動を面白おかしく報告してくれる。

『暇だったので、昼寝をしすぎて夜は眠れそうにありません』

『暇だったので、庭の木に登ってみたら降りられなくなって、そこで数時間過ごしました』

『暇だったので、図書館で借りた本を読んでいたら、いつの間にか寝てしまいました』

笑顔で自分に話してくれる彼女を、いつしか愛《いと》しく思い始めていた。

その声も、話すしぐさも可愛らしくて、毎日くるくる変わる表情を飽きることなく眺める。一日の疲れも忘れるほどだ。その間、頬がゆるみ、口の端は上がりっぱなしで、始終しまりのない顔をしていたという自覚がある。

本来、自分は総指揮官という立場から、あまり感情を表に出さない。

感情をさらけ出していては、部下達が動揺する。必要とされるのは冷静な判断、的確な指示、指導者たる統率力。時には『冷静沈着な鬼の総指揮官』と揶揄《やゆ》されるほどだ。もしや、そんな立場にあるにもかかわらずだらしない自分に呆れ果てて、屋敷を出たのだろうか。

彼女に、気の利いた言葉の一つでもかけてやれば良かったのだろうが、自分は彼女が話している姿を見つめるのが好きだったのだ。

周りにいる貴族の娘達は大人しく、極端に口数が少ない。口下手な自分とでは、会話に花が咲くことはなかった。それだから、なおさら彼女のおしゃべりが新鮮に感じられたのだろう。

三日間――

公務で遠方に赴《おもむ》いていたあの三日間を、どれだけ長く感じていたか、誰も理解できまい。はやる気持ちを抑え、帰宅したところ、残されていたのは一通の手紙。

そうして、自分に残されたのは喪失感と自問自答の日々だった。

自分のなにが悪かったのか。失礼な態度をとったのだろうか。無神経な行動で彼女を傷つけたのだろうか。毎日同じことを考えているが、未だに答えは出ない。

「……帰るぞ、レスター」

「はっ！　はい」

「帰ったら今日の稽古《けいこ》は俺がつけよう」

「はっ……！　はい！」

彼女がいないこの場所に長居は無用だ、と踵《きびす》を返すと、レスターも同様に後に続く。

このみっともないほど気落ちした顔を引き締めるために今出来るのは、稽古だけだ。剣を一心不乱に振れば、この心のざわめきもまぎれるだろう。――そう信じたい。

結果、剣を握っている間は心を無にすることができ、彼女の事を考えずにすんだ。しかし、剣を握る手を休めると、再び心の中を支配するのは彼女だ。

レスターは、激しい稽古で意識を飛ばしてしまい、仰向《あおむ》けになって床に転がっている。その姿を見て、自分も稽古で意識を飛ばせば少しは楽になるのだろうかと、本気で考えた。

＊　＊　＊

あの日、食堂にやって来たレスターと私の会話を聞いていた食堂のおかみさんは、何か勘違いをしたらしく、彼をしつこい私のファンと認識した。

「いや、おかみさん。それ……ちょ……違――」

慌てて訂正しようとする私を、おかみさんは大きな声で遮《さえぎ》った。

「いいんだよ！　あんたは、あの男から逃げて来たんだろ？　まったく、しつこい男は最悪だね！　あんたは顔も性格も可愛いから、男どもに狙われやすいんだろうけど、女の子なんだから気をつけないと！」

そう言って、おかみさんは取り付く島もないほど怒ってくれた。

「じゃあ、あの男があきらめるまで、うちの食堂じゃなくて、隣街にある姉の食堂に手伝いにおいき！」

事情を一から説明しようと思ったが、勘違いしたおかみさんの勢いは止まらない。まさに口を挟む隙がないとはこのことだ。

「さぁさぁ、善は急げだよ！　今日中に、荷物を持って姉のとこに移動しな。私が一緒に行って話をつけてやるから！」

いや、だから違うって！　まいったなぁ……。

事情を説明しようにも、熱く心配してくれるおかみさんを見ていると、なんだか言い出しにくい。おかみさんは困った顔した私を見て、にっこり微笑んだ。

「またあのしつこい男が来たら、あんたは辞めたって言ってやるよ！」

……まぁ、いいか。

レスターには悪いけど、せっかくなのでおかみさんの厚意を受ける事にしよう。流れに身を任せると心に決め、荷物をバッグにつめて、隣街へ出発だ。

ごめん、レスター。ストーカー認定されちゃったわ。

しかしあの時、レスターは『総指揮官殿が探している』って言っていた。それがちょっと気にかかる。もしかして手紙一枚だけで済ませた私に怒っているとか……？　やっぱり、お別れの挨拶《あいさつ》は本人に直接するべきだったかな。

と、私は総指揮官殿と一緒にいた日々を思い返してみた。

彼は自分の事などベラベラとしゃべらないし、余計なおしゃべりもしない。もちろん、会話のキャッチボールなどない。こっちが一方的にボールを投げつけているような感じだった。

最初の方はいろいろ質問していたが、返ってくる返事はいつも必要最低限。きっと総指揮官殿も私のアホさ加減に呆れていたに違いない。

そう、総指揮官殿の反応は薄いのだ。そりゃもう、減塩スープみたいに。あるかないかくらいのリアクションばかりだったので、きっと総指揮官殿は右から左へと流していたと思う。

けど、そんな総指揮官殿について一つ気になっている事がある。

それは、彼はとても眠りが浅いらしく、あまり寝付きもよくない人だという事だ。毎日、深夜遅くまで部屋の明かりがついていて、朝は日の出と共に起きるのだとメイドさんたちに聞いた。

いつも睡眠不足だなんて、健康に悪いだろうに……

そう思って冗談交じりで、

「子守歌でも歌いましょうか？」

なんて言ったら、何故か真っ直ぐに見つめられて手を握られた。

何故、ここで手……？

疑問に思いつつも、私はしばらくおしゃべりをやめなかった。そうしたら総指揮官殿が珍しく眠そうになって、切れ長の瞳が少し閉じたのだ。

そこで、おや？　と思った私がそのまま休むように勧めたら、総指揮官殿はソファに移動して横になった。

私は睡眠の邪魔をしちゃ悪いと思い手を離そうとしたが、どんなに力を入れても総指揮官殿の手は離れない。

……しばらくここに居ろ、ってことかしら。

勝手にそう解釈した私は、総指揮官殿に手を握られたまま、じっとしている事にした。

やがて総指揮官殿は、安心したような無防備な顔で眠りについた。その寝顔を見ていると、日頃は無表情な顔も、無邪気な子供みたいに思えてきて可愛い。

それから、毎晩夕食後、ソファで手を握られるのが日課になった。

私はその間おしゃべりを続ける。

最初はうるさいと眠れないだろうと気を使って口を閉じていたのだが、総指揮官殿はじっと私を見つめて無言の圧力をかけてきた。『あぁ、しゃべれってことね』と勝手に解釈して、私はまたおしゃべりを再開することになったのだ。

しかし、おしゃべりをしているほうが眠れるなんて、つくづく総指揮官殿はわからない。

……今でもちゃんと眠れているのだろうか？　ふと気になった。

＊　＊　＊

彼女が屋敷を出てから一カ月。

時間がある時には街に行き、それとなく探して歩き、時には人に尋ねてみたり。

けれども総指揮官という立場上、業務をおろそかには出来ない。そんな自分の立場をはがゆく感じながらも毎日を過ごしていた。

久々の休日だった今日も街を歩いてみたが、何の手がかりも得られずに夕方になって屋敷に帰る。

そして自室に籠もり、一人考える。何度思い返してみても、彼女は今ここにはいない。

冷静で無表情と言われ慣れた自分は、接しにくい人間だと思われることが多い。会話もよく途絶えるのだが、彼女はそれでも笑いながら話しかけてくる。自分の目を見て話す人物、ましてや女性などは稀《まれ》で、最初は驚いたものだ。

『総指揮官殿』

彼女に呼ばれると、緩む頬を抑え、冷静さを保とうと必死になる自分がいる。

あの日、彼女から子守歌の申し出があった時、驚きで心臓が跳ねた。

赤く小さい唇から紡がれる声を聞いていたら、不意に愛《いと》しさが込み上げてきて、勇気を振り絞った自分は、その白く小さな手をそっと握った。

男の手とは違う、柔らかな肌に細い指。力加減が微妙にわからなくて、どのくらい力を入れていいのか困惑してしまうくらいだ。

彼女が驚いた顔をしたので、振り払われるのを覚悟したが、黙って手を握らせていてくれた。

同時に彼女が自分に向けた笑顔を見て、心臓が音を立てた。

自分の心臓の音が聞こえるなど、こんな経験は初めてだった。

彼女の手に触れ、その声を聞きながら眠りに入る時間に癒《いや》される。子守歌のように耳に入ってくる彼女の優しい声と、小さいけれど手に感じる温かなぬくもり。この手を一生守り、離したくはないと感じたのに――

だけど彼女は出て行ってしまった。

彼女は、本当は嫌だったのかもしれない。図々《ずうずう》しく触れてくる自分に嫌悪を感じていたのだろうか。

それならば、この屋敷を飛び出したのも納得がいく。

思わず険しい顔つきになっていた時、勢いよく扉がノックされた。

「……入れ」

考えにふけっていたところを邪魔されて、少々機嫌が悪くなる。

しかし、扉を開けて部屋に入って来た人物に驚き、思考が停止した。

その人物とは、たった今まで自分を悩ませていた彼女だったのだ。

愛らしい唇に、大きく見開いた瞳。元気そうに微笑んで自分を見ている。

これは夢か幻《まぼろし》かと、自分はしばらく動けないでいた。

一カ月ぶりに見る彼女はまったく変わっていない。白い肌に上気した頬。その全てが、自分の視線を奪う。

「お久しぶりです、総指揮官殿」

彼女が自分に話しかけている。これは夢じゃない。突然の出来事に喜びが込み上げ、言葉すら出ない。

「その節は、大変お世話になりました」

彼女は礼儀正しく、深々と頭を下げる。自分は動く事も出来ずに、彼女の行動を見つめていた。そんな自分をたいして気にした風もなく、彼女は続ける。

「あのですね……」

そう言って、彼女は持っていた紙袋を開ける。そこから淡《あわ》い桃色の柔らかそうな物体を両手で取り出し、自分に差し出した。

「やっと新しい生活にも慣れてきたので、改めてご挨拶《あいさつ》にきました。それと、今までお世話になったお礼です」

この贈り物を黙って見つめていた自分に、彼女は嬉しそうに言う。

「これは抱き枕です！」

その物体が枕だという事を認識するのに時間がかかった。

「しかもムーファの形なんです！」

確かにこの国にはムーファという動物がいる。彼らは夢の国の住人と揶揄《やゆ》されるほど、一日の大半を寝て過ごす。それと安眠をかけているのだろうか、この枕は。

「何故ムーファかといいますと、動物の癒《いや》し効果を期待したいからです！」

誇らしそうに鼻の穴を膨《ふく》らませつつ、興奮ぎみに彼女は続ける。

「この枕には、安眠を誘うポプリが入っています。これでぐっすり眠れますよ！」

「……」

「あとは心地よい眠りを誘う香油と、ハーブティーと……」

紙袋の中をあさる彼女を見つめるうちに、自分はある事に気付いた。

もしや彼女は日々睡眠の足りない自分を心配し、何か手立てはないかと思案した挙句、屋敷を飛び出して行ったのではないか。

そうして自分のために、一カ月もかけて探してくれたのかもしれない。この安眠を誘う枕や様々な道具を――

だが、安眠のためと言うならば、彼女こそが自分にとって安眠へとつながる存在だ。

彼女は枕を両手で差し出したまま、微動だにしない自分の様子を不思議そうに見つめている。首をかしげると、その黒い髪が肩からすべり落ちた。

そんな些細《ささい》なしぐさや表情の全てが愛《いと》しくてたまらなくなり、胸の奥が苦しくなる。

「自分に、安眠を――」

それをくれるのは、目の前の彼女しかいないのだ。

愛しい気持ちを抑えきれずに、思わず枕を抱えていた彼女ごと抱きしめる。

自分のために屋敷を抜け出し、慣れない労働をしてまで賃金を稼ぎ、贈り物を探してくれた。

そして今、ここに戻って来てくれた。

彼女の優しさに触れ、自分は騎士として――いや一人の男として、彼女を一生かけて守ろうと心に誓う。

抱きしめた彼女は、驚きに目を見開いていた。

＊＊＊

総指揮官殿に抱きしめられた日から、数日が過ぎた。

私は一人、椅子に座り頬杖《ほおづえ》をついて、この屋敷に戻ってきた時の事について思い返していた。

あの日、初《はつ》お給料を手に入れて、喜びをかみしめながら買い物をしていたら、えらく可愛らしいムーファの枕を見つけた。それを総指揮官殿へのお礼の品物として購入し、届けたら、いたく感謝され……たのかどうかは反応が薄くてわからなかったが、急に枕に抱きついてきたので、きっと喜んでいたはずだ。私をついでに抱きしめてしまうぐらい。

実を言うと、細く見えても意外に逞《たくま》しい体つきを感じて、ドキドキしてしまった。

枕を渡した後「じゃあ」と言って帰ろうとした私の手を掴み、そのままじっと見つめてきた総指揮官殿。

「あの、そろそろ……」

そう言った私の手をさらに力強く握り、無言の圧力を発する。

その後、この屋敷から帰してもらえなくなったのも、また事実だ。——何故？

朝は共に屋敷を出て、私を食堂に送ってから、総指揮官殿はご自分の業務へと向かう。お昼過ぎにふらりと現れ、食堂で黙々と食べていく。今では朝昼晩と、総指揮官殿の顔を見ない日はない。その代わり騎士団の若い人達はまったくもって、やって来なくなった。

帰りは食堂まで迎えに来てくれて、屋敷まで一緒に帰る。その後はいつもの夕食をとる。以前と違うのは、私のおしゃべりの内容が『今日も暇だった』という変わり映えのしない内容ではなくなったこと。

食堂のおかみさん夫婦や、お客さんのお話、その日の仕事の内容とかだ。まぁ、相変わらず総指揮官殿の反応が減塩スープなのは変わっていないけれど。

ただ、以前よりは口の端を上げることが多くなった……気がする。それも、笑っているのか、アホな私を憐《あわ》れんでいるのか、意図は掴めないけれど……まぁ、彼が楽しければそれでいいや。

今夜も彼は、私が贈った枕を頭に敷きながら私の手を握り、私のおしゃべりを子守歌代わりに眠るのだろう。

そうして総指揮官殿の無防備な寝顔を見ながら、また今夜も思うのだ。

やっぱり総指揮官殿の思考回路はわからない、と。

しかし、この寝顔を見ていると、ずっと見ていたい気持ちにもなってくるから不思議だ。

とりあえず『脱・異世界ニート』の目標はクリアした。

自立の点ではまだだけど、そう焦ることでもないのかなぁと、思い始めた。何より心配性の総指揮官殿の無言の圧力が痛いし。

そして『またお世話になります!!』と甘えることに決めた私だった。

2　総指揮官殿と私の文通

総指揮官殿が、公務で隣国へ出掛けた。本日から一カ月ぐらい戻ってこないらしい。

やっほーい！

……とまでは思わないけど、何をしようかちょっとワクワクしてしまう。

食堂のおかみさんに頼んで、しばらく泊めてもらおうかなぁ。その方が仕事に行きやすいし。

最初は住み込みだったんだからいいよね!?

今では、送迎付きの通いですが……何故こうなったんだろう？

それは総指揮官殿がとっても過保護だからだ。まったく私のことをいくつだと思っているんだろう。まるで小さい子供を相手にしているかのようだ。

だから、一人歩きもすごく心配されるのだ。ここら辺の治安はとってもいいのに！

そんな訳で、総指揮官殿がいない間は、街に一人で買い物に行ったりしたい。

でもって、美味《おい》しいスイーツでも探してみようかな！　あとは可愛い雑貨も欲しいなぁ～！

いや、決して総指揮官殿の留守が楽しみな訳ではないのよ。そうよ、楽しみではないのよ。もごもご……

と、自分自身に言い聞かせるも、計画を練っているとやはり楽しくなってきてしまうのだった。

そんなある日、総指揮官殿の部下のレスターが、総指揮官殿からの手紙を届けてくれた。

こっちの世界に来てから、人から手紙をもらうなんて初めてなので嬉しい。

わくわくしながら、のりでべっとり留めてある封筒を開けて中を見る。

『隣国カルパールは由緒《ゆいしょ》正しき大国であり、鉄鋼などの産物も豊富で、その歴史は長く、大変興味深いものがある。我が国とも長きにわたり友好関係を築いている。今回の公務の目的はお互いの騎士団の力の向上を図ることだ。今朝カルパールの、広大さで有名なグルゴニーの丘に着き、かの国の騎士団との交流を円滑に行うため、自国の騎士達の陣営の配置を思案し――』


……………


……開けて読んだ瞬間、わくわくした自分がアホだったと思い知る。

これは、私に一体どうしろというのだろう。しかも丁寧な字で便箋《びんせん》にびっちり三枚も綴《つづ》られているが、もしや騎士団の記録でもつけろという事なのでしょうか。

それとも、私を騎士団に勧誘しているつもりなのか、あの総指揮官殿は。体力気力共に無理だ。

理解に苦しむ手紙をもらい、どうしたものかと途方《とほう》に暮れる。

「レスター……」

「はい！」

「この手紙は国への報告書ではないですよね？　まさかとは思うけど、間違ってないですか？」

「いえ、報告書は先に届けてきました！　報告書は一枚ですから」

国より、私への手紙の方が長いのか！

総指揮官殿は、これを私にどうしろと――！

この手紙を急いで持ってきたレスターから、何かを期待するようなオーラを感じるが、私はその瞳を真っ直ぐに見つめ返せない。

「レスター、わざわざありがとうございます」

「とんでもございません。それでお返事はどういたしましょうか！」

「……ちょっと時間がないので、今は保留でお願いします」

「そうですか……」

レスターの落ち込み具合を見て申し訳なく思う。

だけど返事と言われても、何をどう書けというのか私にはわからない。

鉄鋼の産物が豊富だなんてまあステキ。グルゴニーの丘？　ピクニックへ行きたいわ。……などと書けばいいのだろうか。

私はしばらく、頭を悩ませた。

それから五日後。

またレスターが屋敷にやって来た。私に手渡したのは総指揮官殿からの報告書……いや、一応手紙なのか？ これは。

すぐさま確認したら、今度もため息の出るような内容だった。

しかも便箋《びんせん》五枚に増えてるし。新手の嫌がらせなのかしら。それとも本気で騎士団にお誘いなのかしら。いつもの事だが、総指揮官殿の行動は理解に苦しむ。

「……レスター」

再び期待に満ちた目で見つめてくるレスターに、申し訳ないけど今回の返事も保留と伝える。

レスターは悲愴感《ひそうかん》を漂《ただよ》わせ、公務先に帰って行った。その日半日ほど、私は頭を悩ませた。

十日後。

またまたレスターがやって来た。もう何も言わなくてもわかる。前回よりも分厚い封筒を手渡され、自然に涙目になる私がいた。

「……レスター」

「はい！」

「今日も――」

保留です、と伝えようとしたところ、レスターがいつも以上に強い目で訴えてきた。涙目になっている気がする。よほど返事を持って帰れと圧力でもかけられているのだろうか、そんなレスターに少し同情してしまう。それが失敗だった。

「……明日、お仕事がお休みなので、返事は明日書きます……」

つい、言ってしまった。私のバカ！

レスターは喜んで五日後に来ると言って帰って行った。

私のタイムリミットはあと五日。さぁどうする？　内容は？　分量は？

一日中、私は頭を悩ませた。

＊　＊　＊

本日から、友好国である隣国カルパールまでの公務が急遽《きゅうきょ》決まった。

公務なので渋る訳にもいかず、部下達を引き連れて目的地へと向かう。

カルパールへと向かう道中、考える事はただ一つ。

彼女は今、何をしているのだろうか。今も元気に働いているのだろうか。本来なら、この時間は彼女の働く食堂で昼食をとっていたはずだ。突然だったので、挨拶《あいさつ》もせずに出てきた自分を彼女は責めるだろうか。

そうだ、良い案が浮かんだ。五日毎《ごと》に、自国に公務の進捗具合を書き記《しる》した報告書を提出しなければならない。それを部下に託《たく》し、ついでに彼女の様子を見てくるように言付けた。そして報告書と共に、彼女への手紙を部下に渡す。

彼女はどんな顔をして読んでくれるだろうか。

彼女に手紙を渡し始めてから十五日後。

「総指揮官殿！　お返事です！　預かってまいりました！」

目を輝かせた部下のレスターが、嬉しそうに息を切らせて自分のもとへと駆け寄る。

「総指揮官殿のお手紙、大変喜んでいました！」

「そうか」

「えぇ！　感動のあまり、最後は涙ぐんでいましたから！」

レスターと別れた後に手紙の封を開けると、彼女の丸い字が便箋《びんせん》から飛び出してくる。

心が穏やかになる時間。

手紙の内容に特に変わったことは書かれていなかった。どうやら彼女は元気そうだと安心し、口の端が自然に上がる。

自分も最初はどんな内容を書けばいいのか悩み、とりあえず近況報告になっていた。返事を期待して手紙を書いていた訳ではなかったが、彼女の事を考えるとつい筆が進んでしまっていたのだ。

しかし、こうやって返事をもらえるとは予想外で、それだけに感激もひとしおだ。胸に何かが込み上げてくる。文字を指でなぞりながら、これからも手紙を送り続けようと自分の中で誓いを立てた。

＊　＊　＊

総指揮官殿から手紙を受け取りはじめて二十日後。

「今日も総指揮官殿からのお手紙を、預かって参りました！」

「げ」

つい心の声が口から出てしまった私は、慌てて口を押さえる。レスターは一瞬不思議そうな顔をしたが、聞こえていなかったみたいでホッとした。

レスターから受け取る封筒がそのたびに重みを増していくのは、気のせいではないはずだ。

「……一つ、聞いてもいいですか？」

「はい！」

「総指揮官殿は、いつお帰りになるのでしょうか……？」

なんだか、このままでは文通友達になりそうなので、いっそ帰って来て欲しい。私にはあの手紙の返事を書くのは荷が重すぎる。

私の質問を聞いたレスターは瞳を輝かせていた。


それから五日後。いつもの総指揮官殿定期便をレスターから受け取り、封を開けて手紙に目を通す。

しかも今回は、私の出した手紙の誤字脱字までご丁寧に赤ペンで指摘されていた。何これ、どこの通信教育。

手紙の中の総指揮官殿は相変わらずだった。という事はお元気なのだろう。淡々と公務の様子を語っているが、文章レベルが高度なので、辞書を片手に持っても残念ながら七割程しか解読できない。

まぁ、この手紙も総指揮官殿らしいといえば総指揮官殿らしい。真面目な人柄がにじみ出ているし、私を気遣っていることだけは伝わってきた。一言もそんな事は書いていなかったけれども、何となく感じたのだ。

「あぁ、総指揮官殿……早く帰ってこないかな……」

ペンを片手に便箋《びんせん》とにらみ合う私は、返事に悩みながら、心からそう願った。


総指揮官殿が公務から、ついに帰ってくるらしい。

長かった……本当に長かった…………！

あの手紙の長さは半端ない！　このまいったら、どこまで長くなったのか。想像するだけで恐ろしい。

きっと総指揮官殿がいない間に、自堕落な生活を送りそうな私に活を入れていたのかもしれない。

しかし、私はここで重要な事に気付いた。

総指揮官殿の不在中にやろうと思っていた計画の半分もこなしていない、という現実を。

休みの日に一人でスイーツを探しに行くとか、お買い物に行くとか、そんな計画を全てパーにした総指揮官殿からの通信教育的手紙。あの返事に頭を悩ませる毎日は、勉強していたも同然だった。

だから、私はここに誓う！

今日のお休みは、今話題の『ハニーズ・ビー』というスイーツ専門店に行くと！

なんでも、そこのお店の名物『ハニーフラン』というお菓子は、ワッフルのような形で外はカリカリ、中はしっとり柔らかな生地で、巷《ちまた》で大人気らしい。噂を聞いた時から、私も食べてみたいと思っていたのだ。

甘いお菓子は私の幸福の源《みなもと》、笑顔のタネ、そして肥満への第一歩。……けど、食べちゃうもんね。

総指揮官殿は何故かとっても過保護なので、私が一人で出歩くことにあまり良い顔をしない。だから、行くなら今のうち。鬼の居ぬ間になんとやら！　とは昔の人はよく言ったものだ。いや、別に総指揮官殿を鬼と思っている訳ではないが、あわわわわ。

ハニーフランがあまりにも食べたくて、総指揮官殿の通信教育のお返事にも熱く語ったほどだ。

昔から、食べ物には尋常じゃない熱意を燃やしてしまう。『その熱意を他の事に費やせばいいのに』と、周囲の人間によく言われたが、自分でもそう思う。

思い立ったら吉日で、私は急いで出かける準備をし、張り切って一人、屋敷を飛び出したのだった。

そうしてたどり着いた『ハニーズ・ビー』は大盛況だった。

温かみのある赤いレンガ造りのお店に入った瞬間、甘い香りに包まれる。

店内はわりと広めで、イートインできるスペースもあったので、私は店内で食べることにした。だって、こんな美味《おい》しそうな食べ物、すぐ味わいたいじゃない？　ねぇ？

飲み物と一緒に、憧《あこが》れのハニーフランを購入して、わくわくしながら空いている席を探す。

二人がけのテーブルを見つけると、そこに腰をかけて一息つく。さぁ食べようと思って口を開けた時、店の入口のベルが鳴り響いた。

何気なく入口の方を向いた私は、そこにいるはずのない人物を見つけて我が目を疑った。

甘い香りのする店内にまぎれ込んだその人物は、明らかに異彩を放っていた。

切れ長の青い瞳を鋭く輝かせ、店内の様子をうかがっている。甘い香りの漂《ただよ》う店内の雰囲気とは真逆の空気を身にまとうのは、総指揮官殿だった。

なんでいるんだぁぁあ！

私はしばらく開けた口を閉めるのも忘れて彼を見つめていた。だけど、いつまでもこうしているわけにはいかない。そう思って席から立ち上がり、総指揮官殿に声をかけることにした。

何だか、買い食いがばれてしまった小学生のような気分になったけれど、べっ、別に悪い事なんてしてないし？　正々堂々と声をかけたわ。

「おっ……おかえりなさい、総指揮官殿」

正々堂々と強がりつつ、噛んでしまった自分が憎い。

私が声をかけると、総指揮官殿は片眉を上げた。たいして驚かなかった様子を見ると、店内に入ってきた時点で私の存在に気付いていたのだろう。さすが総指揮官と呼ばれる立場にいるだけあって、抜かりのない観察力だ。

思わぬ店での遭遇に驚いたが、立ち話も何なので、総指揮官殿に自分の席の場所を教え、『よろしければご一緒に……』と、声をかけた。

しばらくすると、総指揮官殿が飲み物とハニーフランを手に、私の向かいの席に座った。

総指揮官殿はまさかハニーフランを食べたいがためにここまで来たの？　私の手紙に触発されて？

総指揮官殿は、甘い物なんて食べなさそうだが、人は見かけによらない。総指揮官殿甘党説に、共通の趣味を見つけたみたいで嬉しく感じる。

しかも隣国から帰ってくるなり一人で真っ直ぐこのお店に来るなんて、かなりの通《つう》とみた！

私はにやけながら、購入したばかりのハニーフランを口に入れる。

その瞬間、口の中に甘さが広がった。

「美味《おい》しい!!　外はサクサクしていて中はふわふわで柔らかくて、しつこくない甘さ！」

ハニーフランの味は私の想像をはるかに超えていて、ほっぺたが落ちそうなぐらいだ。

「しかし本当に美味しいですね。何個でも食べられそう。是非お持ち帰りしなければ！」

私は一人で笑ったり、しゃべったり、食べたりした。総指揮官殿は、いつものように無口で無表情だ。

だけど、そんなの慣れっこなので、私は一人で話を続ける。

「そういえば、アデルの家で先月産まれた子猫を、見に行ってきました」

アデルとは、総指揮官殿のお屋敷に勤めているメイドさんだ。私達は年も近くて仲良しなので、休日でもよく会っている。

「その子猫が、もう小さくて可愛くて！　お母さん猫の側でぐっすり眠っている姿なんて、見ているこっちがとろけそうなくらいで、何時間でも見ていられます」

アデルの家の子猫がどんなに小さくて可愛らしいかについて一通り熱弁をふるった後、前々から疑問に思っていた事をふと思い出し、総指揮官殿に尋ねてみる。

「そういえば、総指揮官殿のご両親は？」

「――いる」

……そりゃねぇ、ご両親が「いる」ってのはわかってるさ。

総指揮官殿だって、木の股から生まれたとか、コウノトリが運んで来たとか、桃の中に入って川から流れてきた訳ではないでしょうに。

私が聞きたいのは、そんな事ではなくて、『ご両親は健在で？』とか、『どちらにお住まいで？』ということだ。

そこから会話に花が咲くかとも思ったけど、やはり無理だった。だけど、まぁいいや。いつものことだし、今はハニーフランを味わうことに専念しよう。

＊　＊　＊

隣国へと公務中、彼女から届いた手紙のやり取りは、慣れない土地で肉体的にも精神的にも疲れていた自分の大きな癒《いや》しになった。

夜になると何度読み返したことか。そして公務中は、話がスムーズに進行するようにとお守り代わりに胸ポケットへとしまっていた。

顔を見ないと不安なのだが、それでも彼女とこうやって手紙という手段で繋《つな》がるという新たな発見も出来た。

それはそうと、最近の彼女の手紙には気になる一文があった。

『ハニーズ・ビーで売られているハニーフランが食べたいです』

読んだ瞬間、これは、そのハニーフランを手土産《てみやげ》として持ち帰って来て欲しいという彼女の願いだと思った。

ただならぬ使命感を感じ、公務を終えると大至急で報告書をまとめて提出し、その足で店に向かったのだ。店の場所は偶然にも甘党であるレスターが把握していた。

そこで嬉しい誤算が起きた。彼女が一足先に店に来ていたのだ。

土産として渡した時の喜ぶ顔が見られないのは少し残念だったが、それよりも彼女に会えた喜びの方が大きかった。

正直、甘い物は匂いからして苦手なのだが、彼女のためなら我慢できる。

目の前で美味《おい》しそうに食べている彼女に、ハニーフランをそっと差し出す。

「え？　いいんですか？」

自分がうなずくと、彼女は瞳を輝かせながら、嬉しそうに手を伸ばした。

＊　＊　＊

お店を出た後、私は総指揮官殿と一緒に屋敷まで帰った。それ以降、食後のデザートはハニーフランが出てくる。最初の頃は喜んだけれど……

ごめんなさい！

いくら総指揮官殿の大好物とはいえ、私は正直、もうお腹いっぱいです。だって毎日なんですもの！　うぇっぷ。

どんなに美味《おい》しくても毎日食べていると拷問《ごうもん》に感じてきます。しかも朝晩二回。なんだか、こうも甘いものが続くと、たまにしょっぱいお煎餅《せんべい》とか食べたくなるのは私だけではないはずだ。

こんなことを考えるのは、わがままだと自分でも思う。私がこれを美味しいと言ったので、こうやって買ってきてくれているのかもしれないし。

となると、これは私の喜ぶ顔が見たいため……なのかしら？

やはり総指揮官殿はすごく優しい人なのだ。ただその優しさが見えにくく、表現の仕方が不器用なだけで。いつも冷静沈着、整った顔は無表情だけど、心の中で何を考えているのだろう。本当はどんな人なのかしら。

もっと、総指揮官殿の事を知りたいな――そんな風に思ってしまった。

それからしばらくしてのこと。

アデルの家で産まれた子猫のうちの一匹が私のもとにやってきた！

総指揮官殿が、無表情かつ無言で子猫の首根っこを捕まえながら、私に差し出してきたのだ。どうやら私に内緒でアデルからもらってきてくれたらしい。

しかし、総指揮官殿、そんな物を扱うような手つきで……

子猫、びっくりしているから！　生《なま》ものだから！　もっと優しく！

しかし、総指揮官殿にぶらさげられたまま固まっている子猫とか……かっ、可愛すぎる。

嬉しさのあまり、ぎゅっと抱きしめる。

「名前は『チビ』なんてどうかな？」

私に抱かれている子猫に向かって話しかけると、横から鋭い一言が聞こえた。

「――そのまますぎる」

……そういうツッコミを入れる時は口を開くのですね、総指揮官殿。

しかし、連日のハニーフランといい、子猫といい、総指揮官殿ってば私に甘すぎるんじゃないのかしら？


子猫をもらって来てから一週間がたった。

総指揮官殿は、真っ直ぐ背筋を伸ばして机に向かい、黙々と書類に記入している。私はその近くの床に座り込み、スウィートラブリーな白い子猫を愛《め》でていた。

全身を撫でてやると気持ちよさそうにゴロゴロ喉をならしながらも、私の手にじゃれついてくる。

まだ子猫なので、力加減を知らずに本気でじゃれてくるので地味に痛い。

私の手は小さい引っかきキズだらけ。けど、やめない。だって可愛いんだもの。ピンク色の愛くるしい肉球を思わず口に入れたくなる。

欲求を抑える事が出来ずに、思わず子猫の足を口に入れていたら、いつの間にか総指揮官殿の顔がこっちを向いていた。あ、やばい。見られた。

「そ、そういえば、この猫の名前はどうしましょうか？」

総指揮官殿に、慌てて尋ねる。そうなのだ。まだ大事な名前をつけていないのだ。

……肉球を口に入れていたのを誤魔化《ごまか》す作戦とも言うが。

総指揮官殿は、手を止めて宙を見つめた後、力強い瞳で私を真っ直ぐに見つめると、

「クロアドリアナ・デアロンダ・ティーアロード＝アウパンデスラード・オーディァルドアラクダル」

と、ひと息で言った。

長っ！

なんですか、その長さ。

私が小学生の時、授業で『じゅげむじゅげむごごうのすりきれ……』と、暗記したことがあるけれど、さすがにこの長さは無理だわ。

「そ、その名前の意味は……？」

名前の長さはともかく、その名前に込められた意味って結構重大だと思う。名前は一生ものだし、大切なことでしょう。

総指揮官殿は静かに口を開いた。

「――英雄」

「英雄？」

「三百年程前に、我が国を救った英雄の名で、まだ小競り合いの多かった隣国諸国との戦闘では、彼の通った後は草木の一本も残らず、目を合わせた者は恐怖のあまり狂い、全てを灰と化すと言われた程の騎士であり、ひとにらみで敵部隊を壊滅させるほど天才的な力を持つ反面、味方には慈悲深く……」

何、ソレ！　怖っぇぇぇぇぇ!!　血の匂い、プンプンですがな！

床に寝転がって、私の足に可愛くじゃれついてくる白い子猫に、血にまみれた凶暴な英雄と同じ名前をどうしてつけられようか。いいや、できない。

聞かなきゃよかった……。そんな後悔の波が押し寄せる。

だけど、私は知っている。日頃、無関心なようでいて、総指揮官殿はちゃんと子猫を可愛がっているということを。

先日、部屋にいると、子猫の鳴く声が聞こえた。きっとお腹が空《す》いているのだろうと思って、鳴き声の聞こえる方に向かうと、総指揮官殿の足下にまとわりついていた。

そのまま柱の陰から『総指揮官殿はどうするんだろう？』と緊張しながら見守ってみた。

足下の子猫をしばらく無言で見つめていた総指揮官殿はどこかへ消え、やがて子猫用のミルクが入ったお皿を手に戻ってきた。

そしてそのミルクを、総指揮官殿自らの手で子猫にあげていたのだ。

あまりの珍しい光景に、思わず噴き出しそうになった。だって、にこりともせずに子猫をガシガシ撫でていたんですもの。ちょっと力加減がおかしいとは思ったけど、微笑ましい様子に胸の中が温かくなったっけ。

だから、あの長い名前は、総指揮官殿なりの子猫に対する愛情だと思う。……多分。

＊＊＊

彼女が猫に名前をつけたいと言う。

自分は考えた末に、名誉ある名を提案してみた。この名を授かれば、どんな困難にもめげず、逞《たくま》しく生きていけるはずだ。

しかし、どうやら彼女もすでに名を考えていたようだった。

「えっと、この猫は白くて毛がふわふわと柔らかくて、とっても可愛らしいから思いついたのですが……」

彼女の意見も聞きたいと思い、自分は耳を傾ける。

「私のいた世界のある物の名前です。それも子猫と同じく、白くてふわふわで、見ているだけで気分が楽しくなってくるのです。私、小さい頃からそれが大好きで」

彼女は少し照れながらも、自分の意見を堂々と述べる。

彼女が大好きだと言う物に興味がわき、その名を尋ねてみる。

「わたあめです」

わたあめか。

実物を見た事はないが、彼女の説明から察すると、とても人気がある物なのだろう。

彼女の案通り命名しようと思い、顔を上げると――

「とっても甘くて美味《おい》しい食べ物です！」

「……」

側で猫がニャーと不服そうに鳴いた。よって、この命名の件は、しばらく自分が預かろうと決めた。

しかし、彼女はすごく子猫を可愛がっている。手を傷つけられようと遊び続け、食事を用意して世話を焼いている。決して声を荒らげることなく、しつけている様子から、彼女は本当に面倒見がいいとわかる。

たとえ小さくても、一つの命を最後まで責任をもって面倒をみようとする彼女の姿勢に、好感が持てる。自分も、子猫のため素晴らしい名前をつけてやろうと心に誓った。

3　スイーツの彼との出会い

食堂のお昼は忙しい。そりゃ、稼ぎ時だもの。

私も働き始めの頃は、お皿を落としたり、コップを割ってしまったりもしたけれど、最近では割と慣れてきたと思う。

食堂のおじさんとおかみさんの作るご飯は、美味《おい》しいのに安くてボリュームもあるから大人気だ。美味しいご飯を食べていると、それだけで機嫌も良くなって笑顔になるし、何だか幸せを感じるよね。

私は食べている人達のそういう顔を見るのが、結構好きだったりする。

そんな忙しい昼時が過ぎた頃、私はおかみさんの作ってくれた遅めのまかない昼食をとっていた。美味しい料理を味わっていると、食堂の扉が開き、来客を告げるベルが店内に鳴り響く。

「いらっしゃいませ」

食堂に入ってきたのは、若い男の人だった。

ここの食堂に通ってくるお客さん達とは違って身なりや雰囲気が上品で、最初『お店を間違えたのかな？』とさえ思ったほどだ。

皺《しわ》のないパリッとしたシャツに黒いパンツ、それに革のブーツを履いている。首元で巻かれたスカーフは知的さを感じさせる。上着はシンプルだけど細かい刺繍《ししゅう》が入っていて、それを上品に着こなしていた。

『わ……。格好がいい人だわ』

その男の人は、食堂に入ってくると、まず食堂全体をぐるりと見回して、あちこち観察し始めた。

茶色のサラサラした髪を揺らし、薄い青色の大きい瞳を輝かせている。年の頃は二十代半ばぐらいだろうか。

席に案内しようと声をかけてみたが、私の声など耳に入っていない様子だ。

まいったなぁ……。下手すりゃ、私の存在すら認識していないのかも。

部屋の隅々まで観察しているお客様の前で、存在を認識してもらえるまで辛抱《しんぼう》強く待つ。

しかし、ここまで、この食堂を観察するのは何故だろう。

もしや同業者で、ライバル店潜入とか?

まあ、どことなく気品漂《ただよ》うお客様にそれはない、と自分で否定したけれど。

しばらくすると、男の人の視線が店内から、ゆっくりと私に移った。

やっと認識してもらえたと安心して、私はお客様に声をかけた。

「いらっしゃいませ」

「……」

笑顔で案内しようとするも、お客様は私の顔を見たまま動かない。

今度は食堂から私へと観察対象が変わったのだろうか。

興味深そうな視線に、私はどうしていいのかわからず立ちつくしてしまう。

「……あぁ、失礼！」

お客様が我に返り、微笑みながら返事をしてくれたのでホッとした。

席に案内したものの、彼はまだ食堂を見回していた。いったい何がそんなに珍しいのだろう。

私にも、やたらと視線を向けている気がするけど……気のせいだよね。だって初対面だし。

お水とメニューを持って行くと、そのお客様は優しく微笑みながら受け取った。

そして瞳を細めて優しさをにじませた低い声で私に質問してきた。

「この店のお薦《すす》めを教えてくれるかな？」

「はい、今日は、森のきのこがたっぷり入ったスープです。あとは今朝とれたてのジムニの魚をムニエルにして、ホワイトバースのソースで召し上がっていただく料理もお薦めです」

ジムニの魚は今が旬《しゅん》らしく、脂《あぶら》がのっていてプリプリだ。そこにおじさん特製のソースをかけると、まさに絶品になる。

「じゃあ、それにしよう」

「はい、かしこまりました」

お客様は長い足を組み、ふわりと優しく微笑んだ。

もしかして偉い身分の方がお忍びでいらしたのかしら?

その可能性にドキドキしながらオーダーをおじさんに伝え、やがて出来上がった料理をテーブルに置いた。

「ありがとう」

「ごゆっくりどうぞ」

お客様に声をかけると、私もまかない料理を食べ終えてしまおうと食堂の隅の席に戻った。

しばらくすると、先程のお客様に呼ばれる。

何だろう、もしかしてお口に合わなかったのかな?

テーブルに近付くと、お皿は全て空になっていた。よかった、ひと安心だ。

するとお客様は綺麗に整った顔に、穏やかな笑みを浮かべて言った。

「美味《おい》しかったよ」

「ありがとうございます」

私は自分が褒《ほ》められたかのように嬉しくなる。

「それで、次は食後のデザートを頼みたいのだけど、これもお薦《すす》めはある?」

またもや聞いてくるお客様の言葉で、私の頭の中は一気にデザートのオンパレード。

今日のデザートには、完熟とれたて果物で作ったゼリーもあったし、パナットの実をつぶしてヤデーミルクとあえてホイップ状にしたパナットクリームのムースもあったなぁ。その中でも私のお薦めは……

「パイですね！」

今日食堂に来た時、ちょうどおかみさんがパイを焼いていて、香ばしい匂いが店内に充満していたのだ。あの匂いをかいで、食べたくならない人がどこにいようか。甘い物好きの私には、たまらない。

クリームチーズの酸味とパナットのジャムの素晴らしいハーモニーを想像するだけで、よだれが出る。サクサクの生地はおかみさんの自信作。絶妙な甘さで、私はこれが大好きだ。

私の力説に、お客様はクスリと笑う。

「じゃあ、それを二つ」

「二つですか？」

「そう、よろしくね」

お客様は、二つも食べるなんて、よほど甘い物が好きらしい。けれど、その気持ちわかるぞ、私だって甘い物は大好きだもの。

お客様にどこか自分と同じものを感じながら、パイを二つ準備した。

「お待たせしました、パナッツトパイです」

お皿を二つ、お客様の前に置くと、お客様は『ありがとう』と言った後、嬉しそうに笑った。その笑顔が素敵で、少しドキッとする。

お客様は、パイの入った皿を自分の向かいの席に一つ置くと、

「これは、君の分」

と言って、私に席に座って食べるように促《うなが》した。

「え……?」

呆気にとられている私と、にこにこ笑うお客様。

デザートを二つ頼んだのって、こういう意味だったのかと、鈍《にぶ》い頭でやっと理解する。

「いえ! いけません」

「何故?」

「だって……そんな……」

仕事中だし、見ず知らずの人にごちそうになるわけには……

けれど、はっきりと言えなくて口ごもってしまう。あぁ、日本人のサガ。

お客様は、そんな私の様子を見て困ったように苦笑してから、そっとささやく。

「男一人で甘いものを食べるのが恥ずかしくて……ね。だから協力して欲しいんだよ」

そんな美麗な顔で、首を少しかしげながら見つめられたら、何だか照れて顔が赤くなってしまう。

どうしたものかと考えながらも、パイとお客様の顔を交互に見て、私の心が揺らぐ。

困った……でも仕事中だし……けど、お客様の頼みだし。それに……

パイ、美味《おい》しそうだよ、パイ！


「美味しい？」

お客様は、にこにこと笑みを浮かべながら、パイを食べる私を見ている。

先程、どうしようか迷っておかみさんにすがるような視線を送ったら、『食べちゃいな』というゴーサインを受け取った。だから席についてパイを口に入れたってわけ。

「はい、美味しいです」

「そう、良かった。では、私もいただくとしようか」

お客様はそう言うと、自分もパイを口に入れる。

その甘い笑みに、整った顔立ちに、嫌味にならない立ち居振る舞い。このお客様、相当女性にモテると見た。新手のナンパかしら？

そんな考えが一瞬、頭を過《よ》ぎった。それならそんな甘い手に引っかかるわけにはいかない。

多少の警戒心を出しながらも、私は向かいに座ったままパイを頬張《ほおば》る。

甘いのはパイだけで十分だ！

お客様との出会いから七日が過ぎた。

あれから毎日、昼過ぎにやってくるお客様のデザートに付き合わされている。私の胃袋は完全に掴まれてしまったのだ。

と言ってもただ食後のデザートに付き合うだけだ。デートのお誘いがあるわけでもないし、最初警戒していた私は何てうぬぼれ屋さんだったんだろう。そんな自分が恥ずかしい。今では良きデザート仲間という認識だ。

一週間もたてば、私達の会話も弾む、弾む。

いつもは総指揮官殿を相手に一人でしゃべっている私だけど、この人は反応したり相づちを打ったり、時にはアドバイスなどもくれるので、結構楽しかったりする。

何だかずっと前から知っているような気さえしてきて、ついつい色々なことをしゃべってしまった。

「それで縁あって総指揮官殿の屋敷に、お世話になっているんだね」

「そうなんです。無芸大食な自分に嫌気がさして、ここで働かせてもらう事にしたんです。私があまりにも危なっかしいのか、送迎付きですが」

「へぇ、あの冷静で無表情と噂される総指揮官殿がねぇ……」

心の中で勝手に『スイーツの彼』と名付けたお客様は、どこか腑《ふ》に落ちない様子でつぶやいた。

それを見て、私は慌ててフォローする。

「いえいえ、それなりに表情は読み取れますよ。少しわかりにくいですが……」

スイーツの彼は少し意外そうな顔をした後、テーブルに身を乗り出して尋ねてきた。

「怖くはないの？」

「ありませんよ」

本当に怖いと思ったことはないので、即答する。

噂では、妥協を許さない性格とか、闘いの場では鬼だとか聞くけど、私にとってはこの世界で面倒をみてくれる恩人だ。

最初こそ自分の存在が迷惑じゃないかと心配もした。

けれど、無表情だからといって、決して心の中まで冷たい人ではない。それに気付いてからは、その氷の鉄仮面さえも気にならなくなっていた。それに耳が少し動いたり口の端が上がったりと、ごくたまに、感情を表に出す時がある。それはほんの一瞬の事なので、見つけると『やった!』と思うくらいだ。

私の即答を聞いたスイーツの彼は、少し驚いた表情をした後、頬杖《ほおづえ》をついた姿勢のまま薄い青の瞳を細めて、優しく微笑んだ。キラキラしたイケメンビームが目に眩《まぶ》しいです。

その視線をまともにくらった直後、私はふと笑顔の理由を探る。

もしかして、この人、総指揮官殿の知り合いなんじゃないの?

そう尋ねようとすると、スイーツの彼が上着を手に取り立ち上がった。

「さぁ、もう行かなくては。今日も楽しかったよ」

「あっ、はい。ありがとうございました」

私はお見送りをするため、慌てて椅子から立ち上がり、扉に向かおうとした。

「あ、ちょっと待って」

私はそのまま止まると、スイーツの彼に視線を投げる。

「リボンが……」

どうやら私のエプロンのリボンが解《ほど》けかかっていたようだ。

彼は私の背後に回り、少しかがむ姿勢になる。私の腰周りにそっと手を伸ばし、リボンを結んでくれた。

まるで背後から包まれるみたいな感覚に陥《おちい》り、心臓が跳ねた。肩のあたりに彼の吐く息を感じて、恥ずかしくなる。

近い……！　何だか、すごく近い気がする！

だけど、今振り返っては、絶対ダメ――！

彼の整った顔をアップで見るのは避けなければ、なんかまずい気がする。

背後から感じる甘い香りが、私の心をどんどん落ち着かなくさせる。自分でもわかるぐらいに顔が赤面して熱い。手に力が入り、気がつけば強く握りしめていた。

しまいには、あまりの羞恥心《しゅうちしん》に目を開けている事が出来なくなって、固く目をつむって下を向く。

自分の心臓の鼓動が聞こえてしまわないかと心配になった次の瞬間――食堂内に、何かがぶつかるような大きな音が響き渡った。

あれ？　今の、何の音？

音と同時に人の気配が消えたので、慌てて後ろを振り返ると、私の背後にいたはずのスイーツの彼が消えていた。

えっ⁉　消えた⁉

周囲を見回すけれど、どこにもいない。ふと食堂内の人数が増えている事に気付き、入り口に視線を向ける。

そこには、相変わらず冷静な顔をした総指揮官殿がいた。

驚いて見つめていると、総指揮官殿のいつもと違う、微妙な表情の変化に気付いた。

それは、ほんのわずかだったので気のせいかもしれないけれど、眉間に数ミリ皺《しわ》が寄っていた。

しかしなんでここに総指揮官殿が？　というか、いつの間に？

静かに佇《たたず》む総指揮官殿は、私を見ると口を開いた。

「――怪我は？」

冷静に聞いてくる総指揮官殿だけど、その瞬間、私は我に返る。

いやいや！　私に聞くよりもあの人、スイーツの彼！

食堂の隅に置いてあるワインの樽《たる》に体ごと突っ込んで、頭から何かがどくどく流れているよ！　あれはワイン……だよね？

突っ込んでいたワインの樽から脱出し立ち上がったスイーツの彼は、ふらつきながらも真っ直ぐ私と総指揮官殿の方に向かって歩いて来る。

きゃ～！　水もしたたる良い男！　と言いたいけど、違う、ワインもしたたる良い男！

けど本当にワインなのかしら、その赤は！　ワインにしては鮮《あざ》やかすぎて……むしろ血の色に似ている気がする。いや、気のせいであって欲しい！

スイーツの彼は、総指揮官殿の前に立って言った。

「まず、私にも何か言う事があるだろう！」

「…………」

怒るスイーツの彼に責められても、いつものように冷静な総指揮官殿。

そして、そのまま二人はしばらく無言で見つめ合う。

総指揮官殿は口の端ひとつ、眉ひとつ動かすことはない。

やがて、まるで興味がないと言わんばかりに総指揮官殿が先に視線をそらした。

「無視か！」

そう言われても、総指揮官殿は無視を続行する。スイーツの彼はめげずに声を張り上げた。

「何故、私がここにいるって顔をしているな」

「……」

おおっ!?　総指揮官殿の一見無表情に見えるこの顔から、そこまで思考を読み取るとは……！

やはり、二人は知り合いだ。それも相当親しい仲なのかも。

「最近、子猫を飼い始めたと噂で聞いてな」

「……」

子猫？　それはうちにいる、わたあめ（仮名）の事だろうか。あの子なら屋敷で今頃お昼寝中だと思う。

話の流れを理解出来なくて頭の中が疑問符だらけの私を見つめながら、スイーツの彼が続ける。

「可愛い子猫を観察しに、毎日通っていたのだよ、気付かなかったのか？」

「……」

どこか勝ち誇ったような顔をするスイーツの彼。

「可愛い子猫はおしゃべりで表情が豊かで……まったく無愛想な誰かさんとは正反対だ！」

今まで何を言われても無視を貫《つらぬ》いていた総指揮官殿が、ようやく視線をゆっくりと彼に向けた。

その瞬間、周りの気温が確実に三度は下がったね。私、鳥肌たったもん。

総指揮官殿はその薄い青の瞳から冷気を発する事が出来るのかもしれない。

「その鋭く冷たい視線！　その視線で凍ってしまうわ！」

寒い、寒いと叫び、両腕をさすりながら、スイーツの彼は笑顔で楽しそうにはしゃぐ。

私に対しては、優しくスマートで紳士的だったのに、総指揮官殿には挑発するような態度をとる彼に、私は戸惑いを隠せないでいた。

総指揮官殿は、いつものごとく無表情で、瞬《まばた》き一つせず彼を見つめている。……目を細めて冷気を発しながら。

そんな二人から目が離せない。

私は一歩下がって、戸惑いながらその様子を見守っていた。

すると側にいたレスターが、こっそり耳打ちをしてくれる。

「兄上殿ですよ」

「え？」

「総指揮官殿の兄上殿のエディアルド様です」

「兄上……？」

兄上って事は……総指揮官殿のお兄さん！

私は口から驚きの声が出そうになるのを、必死にこらえた。

初めて知った衝撃の事実に目を見開く。……あとレスター、いつの間にいたの？

「あれが、あの方の愛情表現なのですよ」

レスターは、苦笑しつつも教えてくれた。

「エディアルド様は、日々総指揮官殿を気にかけています。しかし、何というか……接し方がすごく大胆で愛情表現が激しいのです。総指揮官殿にきちんと伝わっているのかどうか、判断が難しいところですね」

それは、『弟を構いたくてしょうがない兄と、いまいち愛情の伝わっていない弟』という解釈でいいのかしら。そう思いながら、二人に視線を移す。

雰囲気や性格は全然違うと思うけど、よく見ればパーツの一つ一つは似ている。

そうか、私が『ずっと前から知っているような気がする』と思ったのは、きっとこのせいか。

そういえば、兄上殿は毎日スイーツを食べながら私の話を聞いていた。それも話の内容の大半は総指揮官殿の事だった。相づちを打ち、楽しそうに聞いていたっけ。いや、よく考えてみると、私が総指揮官殿の話をするようにうまく誘導されていた気がする。

「大方、この食堂にケイト殿がいる事をどこかで耳にして、様子を見に来たのでしょう。それも総指揮官殿に構って欲しくて」

だから連日ここに通ってきていたのだと、私は納得した。

「ケイト殿が来てくれて一番喜んでいるのは総指揮官殿ですが、二番目はエディアルド様かもしれませんね。ケイト殿を通じて大好きな弟君と接する機会を得られるのですから」

さらにレスターは付け加える。

「それと見て下さい。総指揮官殿を構っている時のエディアルド様の笑顔を。心底嬉しそうでしょう？」

苦笑しながらも、呑気《のんき》に教えてくれる。けれどレスター、もうそろそろ止めないと……

あっ!!　スイーツの彼——兄上殿が、アッパーカットを喰らってしまいました。

焦って動揺する私とは逆に、レスターは、『いつもの事ですよ』と冷静に言った。

＊　＊　＊

食堂で思わぬ人物と鉢合《はちあ》わせした数日後。

いつもなら滅多なことでは足を踏み入れようとは思わないこの屋敷に、自分から訪ねた。

「やぁ。いらっしゃい」

部屋の扉を開けると、自分の気を最も重くする人物がそこにいた。――兄だ。

自分を歓迎しているのは、その態度からわかる。全身で喜びを表現しているからだ。

常日頃の呼び出しにも応じず、ずっと無視し続けていたからそうなるのも当然かもしれないが。

「まぁ、そのソファに腰かけたらどうだい？」

勧められるが、首を横に振って断る。腰をかけたら最後、話が長くなると踏んでいるからだ。

「今日、珍しく訪ねてきた理由はわかっているよ」

そうか。ならば話は早い。

自分が鋭い目で見据えると、兄は肩をすくめて口を開いた。

「彼女と『お友達』になりたくてね。食堂に通っていたんだよ」

「……」

「そうしたら思った以上に会話も弾むし、楽しくて、ついつい連日通ってしまったんだ」

「……」

「これだけだ。他に何も意味はない。あとは？　質問は？」

「……」

目の前の男の真意を探ろうとさらに強い視線を向けるが、動じもしない。彼女の存在は、いつかバレるとは思っていた。むしろ今まで隠し通せたのが不思議なぐらいだ。

　さすがに、彼女に直接接触するとは予想できなかったが――いや、予想できない行動をとるのはこの人物の特徴のひとつだ。自分が甘かったのか。

「質問がないのなら、私からいくぞ」

　質問は受け付けない――。そう伝えようとする前に、畳みかけられた。

「喉は渇《かわ》いていないか？　お腹は空《す》いていないか？　それに今日は休みか？　午後から予定はあいているか？　ちょうどいい、夜までゆっくりしていけ。今日は記念日だから共に祝おう!!」

「………」

　返事をしないうちに突っ走るのは、この人物の癖《くせ》の一つだ。しかも一体何の記念日だ。

「我が弟が私に会いに来てくれたんだ！　これを記念日としなくて、いつを記念日にする！　さぁ、年代物のワインを開けよう、そしてひとつのベッドで朝まで語り明かそう！　お互い聞きたい事や言いたい事は山ほどあるだろう。広い心で何でも相談にのってやるつもりだ!!」

自分の胸を叩いて、頼りがいのあるところを主張するこの人物が、心底鬱陶《うっとう》しいと思う。

「眠りにつく前に忘れずに呼んでくれ……！　『お兄ちゃん』と！」

「――断る」

何故この人物が、血を分けた実の兄なのだ――

まさに瞬殺で返事をし、踵《きびす》を返した。

これ以上この部屋にいると、ろくな展開にならないのは、長年の経験から学んでいる。

部屋から出る際、自分の背中に、どこか挑発めいた声がかかった。

「では、今度は私の新しい『お友達』も屋敷に呼ぼうか。甘いお菓子をたくさん用意して誘うとしよう。甘い物が好きだからきっと喜ぶはずだ。目を輝かせ頬を赤く染めて、甘いお菓子を頬張《ほおば》りながら、楽しい話をしてくれるに違いない」

「……」

「それに、将来『義理の妹』になるかもしれないし。そのためにも、今のうちから仲良くしておいたほうがいいと思うのだが……」

足を止め、思わず振り向くと、兄は勝ち誇ったように笑う。

「義妹になったら、私の事は何と呼ばせようか、今から悩むところだ！」

――くだらない事で真剣に頭を悩ませるぐらいなら、早々に仕事をしろと言いたい。

「なぁ、なんて呼んでもらえばいいと思う？　弟よ？」

「くだらん」

これ以上、付き合うのも馬鹿らしいと思ったので、再び背を向けて扉へ進む。

「まぁ、待て！　もう少し待てば……」

兄の言葉を全て聞く前に、部屋の扉を思いっきり閉めた。

部屋を出てすぐに、ワインとつまみを運ぶ執事のデリックとすれ違う。自分の姿を見ると、頭を下げて主人の非礼を詫《わ》びてきた。その姿に、逆に自分の方が申し訳なく思う。

長年仕えているこの有能な執事は、兄のせいで心労が絶えないだろう。

――まったく、あのバカ兄め。

＊　＊　＊

「配達先ってここなの……？」

私は口を開けたまま、目の前のお屋敷を見つめ、しばらく固まっていた。

今朝、いつものように食堂に着くと、おかみさんに『配達に行って欲しい』と頼まれた。品物を準備し、配達先の地図と乗合馬車の賃金を手渡されて着いた先がここだ。

立派な門構えの向こうに広がる緑の芝。その芝が敷き詰められた庭の中心にそびえたつのは、広いお屋敷。白い外壁に緑の蔦《つた》が絡まるその様子は、お屋敷というよりもお城に近い感じがする。

いやいや、これもお仕事。怖気《おじけ》付いてないで行くわ！

そう自分に言い聞かせ、勇気を出して敷地に足を踏み入れた。かなり緊張しながら歩いていると、ふと、ふんわりと広がる甘い香りに気が付いた。

敷地内にはたくさんの花々が咲き誇っているのだ。近寄って香りを楽しみたい気もするけど、ダメダメ！　寄り道しちゃ！

その時、屋敷の扉がゆっくりと開き、中からタキシードを優雅に着こなし、優しく微笑む白髪《しらが》頭の男の人が出て来た。

「すみません。フォンセ食堂から配達に来ました！」

配達の事を伝えたら、すぐにお屋敷の中に入れてくれた。出迎えてくれた男の人はデリックさんというらしい。このお屋敷に長年仕えているそうだ。私はデリックさんに案内されるまま、後ろをついて歩いて行く。

広い廊下を進んで行き、デリックさんはかなり大きくて豪華な扉の前で立ち止まった。ノックをして中の人物に了解を得てから入室する。

部屋の中には豪華な調度品や本棚があり、机の上には数々の書類が積まれていた。この部屋は書斎か仕事部屋なのだろうか。

「やぁ！　よく来てくれたね、ありがとう」

両手を広げて出迎えてくれたのは、スイーツの彼こと、総指揮官殿の兄上殿だった。

配達のお客様って兄上殿だったんだ――

兄上殿は笑みを浮かべて、薄い青の瞳をこちらに向ける。

瞳の色は同じだけれど、総指揮官殿が切れ長の瞳なら、兄上殿は大きくはっきりとした瞳をしている。

「お久しぶりです。今日はバケットとパナットパイをお届けにあがりました」

緊張しながらここまで届けにきたけれど、配達先が兄上殿だと知って少し安心した。

私がバスケットを差し出すと、そばに控えていた執事のデリックさんが受け取ってくれた。

すると兄上殿が優しく話しかけてくる。

「ありがとう。わざわざ届けさせて悪かったね。ここのところ仕事が立て込んで、食堂に行けなかったんだよ。私はこのスイーツとバケットが気に入ってしまって、禁断症状が出る前に届けてもらったんだ」

そう、あの日――総指揮官殿には兄上がいて、それがスイーツの彼だと知った日以来、兄上殿はぷっつりと食堂へ来なくなった。良い話相手だったのに、何で急に来なくなったのだろうと、ちょっと残念に思っていたところだった。

かと言って、総指揮官殿に兄上殿の事を聞ける雰囲気でもなかったからどうしようと思っていたのだ。

「それに、君には一度きちんと謝らないといけないと思ってね。私が兄だと黙っているつもりはなかったのだが、毎回話が楽しくて、つい言いそびれてしまったんだ。結果的に、あんなに騒ぎになって申し訳ない」

急に真面目な顔つきになって頭を下げて謝ってくるので、逆にこっちが恐縮してしまった。どんなにふざけた態度で総指揮官殿を構っていても、根は真面目なんだろう。

そんなところが総指揮官殿と似ていると思う。やっぱり兄弟なんだな。

私はこの真面目な空気を和《やわ》らげるように、少し笑いながら言う。

「もう、しょうがないですね。今回は許してあげますよ！　その代わり……」

「その代わり……？」

兄上殿が『何を言われるのだろう』と探るように尋ねてくる。

「また食堂にいらした時は、甘いデザートをご馳走して下さいね！」

すると兄上殿は一瞬瞳を大きく見開き、それから目尻を下げて笑った。

「ああ、素晴らしい提案だね。じゃあ、デザートはパナットパイかな？」

「最近、クリームブリュレもおかみさんの自信作なんです」

「そうか、それもいいね」

「あっ、あと、しっとりふんわりとした焼き上がりの手作りシフォンケーキも！」

「じゃあ、それもだね」

やった！　図々《ずうずう》しくもおねだりしてしまったけれど、言ってみるものだ。

私はすっかり上機嫌になった。

別に総指揮官殿の兄上だったのを黙っていた事は怒ってはいない。でもデザート三つで兄上殿の罪悪感も軽くなるなら、彼にだって悪い話ではないはずだ。

兄上殿が優しく笑うから私もつられて笑ってしまった。

「いいね、おねだり上手は可愛い。……誰かさんに見習わせたいぐらいだよ」

そう言うと私にソファに腰掛けるように勧めてくれた。

私はデリックさんから紅茶を一杯ご馳走になった。口に入れたら広がる甘味と紅茶の香りに心が穏やかになっていく。やっぱりここに来るまでに相当緊張していたんだなぁと改めて自覚した。

おかわりも勧められたけど、そろそろ帰らなくてはいけない。おかみさんだってきっと待ってるし、仕事が忙しいと言っていた兄上殿の邪魔は出来ない。紅茶のお礼を言いソファから立ち上がると、兄上殿に声をかけられた。

「あぁ、そうだ。良かったら帰りは庭を見学していったらどうかな。せっかく来てくれたのだから、気に入った花があったら、持って帰って食堂に飾るといいよ」

「え？　いいのですか？」

「もちろん。好きなだけ持って帰って構わないよ」

それはありがたい申し出だった。食堂に花があるのとないのでは、雰囲気が全く違うし、飾るだけで空間がなごむ気がする。それにおじさんもおかみさんも花が好きだから、きっと喜ぶだろう。

お礼を言って帰りますと告げると、兄上殿はデリックさんに庭への道のりを案内するよう指示をした。デリックさんも仕事が忙しいだろうから、道だけ教えてもらったら一人で見て回ろう。

私が部屋を出る時、兄上殿は机に肘をつき、笑顔で手を振っていた。

＊　＊　＊

兄の部屋から足早に退室した後、自分は屋敷を出て緑の多い庭へ向かった。

兄を訪ねた後、自然と足が向く場所――それがこの屋敷の庭だった。

ここは綺麗な花が絶えず咲いていて、手入れが行き届いている。

気が重い用件を済ませた後は、この庭で少し休んで帰るのが習慣になっていた。

花々が咲き誇り、太陽の光があふれるこの場所に来ると、気持ちが落ち着く。こうやっていると己《おのれ》の気持ちとも向き合う事が出来るのだ。

昔から――そう、昔から自分は兄が得意ではなかった。

幼少の頃より、感情を素直に表現出来る兄をうらやましく思っていたが、その兄の感情が直《じか》に自分にぶつけられると、正直面倒なのだ。

何故自分に必要以上に構ってくるのかが昔から謎だ。

嫌いではないのだ。嫌いでは――

しかし先日、思わぬ出来事で兄への感情を爆発させてしまった。近くまで寄ったので彼女の顔を見ようと食堂に行った時のことだ。

まずは、そこにいるはずのない兄の存在を見て、我が目を疑った。

そして少し背をかがませ、彼女のエプロンに手をかけている兄と、その前で赤い顔をして、うつむいて固まっていた彼女の姿を確認した途端、考えるよりも先に走り出していた。

『——怪我は?』

兄という障害物を全力で排除し、彼女の様子を窺《うかが》う。

心配するあまり、落ち着きなど失っていた。

騎士団の総指揮官という立場でありながら、冷静な判断が出来なくなるとは、自分もまだまだ青い。

常に冷静沈着で氷の仮面をかぶり、何事にも動じないと周囲の人間に評価され続けてきた自分。だが最近は違うと感じる。

いつから変わってきたのだろうか、自分は——

自分自身の心としっかり向き合うためにも、少し休もうと思い、噴水の端に腰をかける。

そこから庭全体をゆっくりと見渡した。

自分の屋敷の庭も手入れは行き届いていると思うのだが、兄の屋敷に比べて花の数が少ない気がする。自分のところも花を増やすべきかもしれない。

彼女はどんな花を好むのだろうか。どんな花を植えたら喜んでくれるのだろうか。

こうして緑に囲まれた庭で休んでいる時も、考えるのは彼女の事ばかりだ。

自分でも驚くぐらい、心の中は彼女の事でいっぱいなのだと思い知らされる。

今日ここに来た一番の理由は、兄が本当に彼女に迷惑をかけていないのか、確認するためだ。自分に接するのと同じく執拗《しつよう》に構っているのかと心配したが、どうやら違ったらしい。この点は安堵した。

やはり兄は自分にだけは特別構ってくるが、他者には至って普通の態度を取るようだ。物心ついた頃からなので多少慣れはしたが、自分に対する執着は常人の域を逸脱《いつだつ》しているると思う。

だが、あれでも社会的立場があり、社交的な常識人だと世間では認識されているのだ。

そこでふと考える。

彼女も、兄のような社交性を持った人間が側にいると楽しいのではないか。

一緒にいると自分は心が安らぐが、それは自分だけであって、もしや彼女は退屈しているのではないだろうか。

女性の好む事や気の利いた言葉の一つも言えないと自覚している。そもそも自分が『自分には兄がいる』と一言告げておけば、彼女を混乱させずにすんだのかもしれない。

こうなったのも全て、彼女に自分という存在をよく知られていない事が原因ではないかと、今さらながら気付いた。

となれば、まずは自分の立場や考え方を知ってもらう必要がある。

では、どうやって――？

まずは手紙の交換からでも始めてみればいいのか？

同じ屋敷で生活しているが、顔を見ると言えない事でも、手紙なら上手く伝えられるかもしれない。いや、手紙でなくても、何か日誌みたいなものでもいい。そこにお互いの考えている事を書き、相手に渡すのだ。自分には、騎士団の毎日の様子やその歴史など書く事はたくさんある。そうやって彼女に少しでも自分を理解してもらえたら……と思う。興味を持ってくれたら、騎士団の公開練習を案内してもいい。

――いや、それは駄目だ。

自分の考えをすぐさま却下する。

彼女を男だけの場所に連れていくと想像するだけで、自分の心の中が穏やかでなくなる。

それに彼女を案内している間、始終表情が緩んでだらけて見え、みっともない事この上ないだろう。これでは部下に示しがつかない。

自嘲気味に鼻で笑うと、その考えを消し去るように頭を振る。

心地よい風が吹き、顔を上げる。庭の花々も風に揺られてそよぎ始めた。

その時、背後から聞こえてきた小さな足音に、反射的に立ち上がって振り返る。

足音が段々と近づき、やがてその足音の主《ぬし》が姿を見せた。

足音の主は自分の存在を認めると、黒い瞳を見開き口を開けて「あっ」と放った。その瞬間、自分の心臓が聞こえるくらいの音を立てた気がする。

「あれ？　総指揮官殿？　どうしてここに……？」

驚く様子で尋ねてくる彼女だが、自分もまた同じ事を思っていた。

思わぬ場所で出会えた喜びに、直立不動の姿勢のまま立ち尽くしてしまう。

そして、笑いながら走り寄って来た彼女の顔を、ずっと見つめていた。

＊＊＊

兄上殿の部屋を出てから、私はしばらくの間、庭を見て回っていた。歩き疲れてきたので、少し休もうと水の音の聞こえる方に近づくと、そこに先客がいることに気付いた。

その人物は、切れ長の瞳で私を見ている。

——あれっ、総指揮官殿ではないですか。

私の驚いた顔とは反対に、彼は少しも驚いた素振りを見せず、いつもと同じ冷静沈着な様子だ。もしかして私がここに配達に来るって知っていたのかしら？

私は偶然の出会いを嬉しく思いつつ、小走りに総指揮官殿に近寄る。

「総指揮官殿も兄上殿にご用事ですか？　私も配達に来た帰りです。それにほら——」

私はバスケットを総指揮官殿に見せた。

どの花も素敵で、遠慮なく摘んだ結果、バスケットの中が色とりどりの花でいっぱいになったのだ。

私は周囲を見回しながら口を開く。

「しかし、素敵な庭ですね。広いのに手入れが行き届いていて、素晴らしいです。あ、せっかくなので少し歩きませんか?」

先程まで感じていた足の疲れも忘れて、総指揮官殿を誘ってみる。

総指揮官殿がいつもの無表情でうなずくのを確認して、私は歩き出した。

やっぱり人と話をしながら散歩するのって楽しい。……とは言ってもしゃべるのは私の役目で、総指揮官殿は聞き役だ。だけどきっと、樹を刈りこんだ緑の彫刻《ちょうこく》が並ぶこの見事なトピアリーガーデンを歩く感動を分かち合えているはず。

もっとも、総指揮官殿は見慣れているはずだから、そこまで感動はないだろうけど。

「大きいお屋敷ですよね。この蔦《つた》が絡まっているところとか、まるでお城みたい」

屋敷の壁を這《は》う蔦を指さす。それを近くで見たくて屋敷の壁際まで行ってみる。

日本にいた頃、蔦の絡まったお屋敷なんて絵本でしか見た事がないから気になっていたのだ。

この蔦を使って、ターザンごっこが出来るかしらなどと考えてしまった。

「しかも、ここが総指揮官殿の兄上のお屋敷だったなんて……そもそもご兄弟がいらしたのですね」

今なら話の流れで自然に口にする事が出来る。

「総指揮官殿と兄上殿、どことなく似ていますよね」

総指揮官殿はいつもと変わらず無表情だけど、一瞬だけ動いた眉から『心外だ』っていう事が伝わる。私は、何だか少しだけふて腐《くさ》れた仕草を見せた総指揮官殿の様子に、思わず笑ってしまいそうになった。

兄上殿は、私から総指揮官殿の話を聞いていた時、本当に幸せそうで、始終笑顔だった。しかし、本人を前にした時にはあの大人げない態度。

からかって相手を怒らせて構ってもらうという兄上殿のひねくれた愛情表現に、素直じゃないなぁって思う。

それに、総指揮官殿だって……

「小さい頃の兄上殿との写真を自室に飾っていますよね？」

総指揮官殿の片眉が一瞬上がった。

「書斎の本棚に飾られている写真立ての一つに、幼い頃の総指揮官殿と兄上殿が並んでいる写真がありました」

総指揮官殿があまりにも無表情で無言だったので、人の写真を勝手に見たことに怒ったかもしれないと私は慌てる。

「あの、前に、子猫が本棚に登っていって写真立てが落ちてしまった時に……勝手に見てごめんなさい」

そう謝りつつも、私は今回の件で一つ気付いたことを告げた。

「兄上殿と総指揮官殿が似ているところはですね、大事な人に愛情表現が上手じゃないところですよ」

だって、本当に嫌いなら写真なんて飾らない。

書斎に飾られているセピア色の写真。

初めて見た時は誰なのか、よくわからなかったけど、今ならわかる。あれは兄上殿だ。

写真の中の小さい総指揮官殿は、今と変わらず無表情だった。その側で、まるで可愛くてたまらんという笑顔で総指揮官殿を抱きしめている兄上殿がいた。

無表情で立つ弟に、笑顔で抱きつく兄。

きっと他人にはわからない絆《きずな》があるんだろうな。

何だかちょっぴり羨《うらや》ましく感じていると、不意に少し強い風が吹いた。周囲の花も風にそよめく。総指揮官殿に見つめられていると、あることを思い出して、くすりと笑う。

一瞬だけ不思議そうな顔をした総指揮官殿に、慌てて謝った。

「ああ、ごめんなさい。ちょっと昔のことを思い出してしまって……」

ほんの少しだけ首をかしげた総指揮官殿に、言葉を続ける。

「私達が初めて出会った時を覚えていますか？」

急にそんなことを言い出した私に、総指揮官殿は言葉を発する代わりに、瞬《まばた》きで返事をした。

「最初に出会った場所は、総指揮官殿の屋敷の庭でしたよね」

この世界に来て、総指揮官殿と出会った時のことだ。

あの日は雨が降っていた――

強い雨を全身に浴びながら、私は庭をさまよっていた。

そこがどこなのかもわからず、どこまでも続くトピアリーガーデンを、半泣きになって歩いていた。

その時、私の前に現れた一人の男性が、今でも私をお世話してくれている総指揮官殿だった。

最初に会った時の総指揮官殿は、眉間に皺《しわ》を寄せて半端ない威圧感を発し、警戒する眼差しを私に向けていた。

そりゃそうだ。自分の庭に見知らぬ人物がいる。しかも、どう見たってこの世界のものではない服装をしていたのだ。

いきなり『不審人物発見』とばかりに切り捨てられなかっただけ、感謝しなくてはいけないよね……。最初はすっごく怖くて、半端ない威圧感!!　誰か助けて!!　と思ったけど。

目の前の男性に怖気《おじけ》付きながらも、自分の今いる状況を知りたくて、彼にいろいろ問いかけたのだ。

「……あの時は雨でしたよね、総指揮官殿」

するとと、総指揮官殿はぽつりとつぶやいた。

「――アリオス・ランバートン」

「え？」

私が聞き返すと、総指揮官殿はもう一度言った。

「いつも『総指揮官殿』と呼ぶが、自分の名前はアリオス・ランバートンという」

私は瞳を大きく見開いて、目の前の彼を見つめた。

アリオス・ランバートン。

その名は知っている。

ずっと『総指揮官殿』と呼んでいたけれど、名前を知らなかったわけじゃない。最初に出会った時に名乗ってくれたから。ただ、何と呼べばいいのかわからなかったのだ。

アリオスさん？　それともランバートンさん？　そもそも面倒を見てもらっているので『様』をつけたほうがいいのかな？

そんな感じでどう呼んでいいのか迷った結果、ずっと『総指揮官殿』と呼んでいたのだ。

私の反応を黙って見つめている彼の視線に気付き、慌てて口を開く。

「でっ、では……！」

顔を上げて、私は勇気を出して続けた。

「私の名前は、恵都といいます。覚えていました？」

一瞬の沈黙の後、彼は薄い青色の瞳を静かに向けたまま、黙ってうなずいた。

私達は、何を今さら自分の名前を名乗り合っているのか――。この現状が恥ずかしくてたまらない。

正面から向き合う総指揮官殿の薄い青の瞳は、あの時と変わらない色。しかし、あの時とは瞳から伝わってくる想いが違うと感じるのは、私の思い過ごしではないだろう。

私が初めて総指揮官殿に出会った時、彼はただ黙っていた。その姿は確かに怖かったけれど、私の中ではそれを超えるほどの感情が込み上げていたのだ。

　さまよっていたトピアリーガーデンで、人影を見つけた時の嬉しさが想像できる？　言うなら、砂漠にオアシスだよ。

　だから彼を見た瞬間、質問攻めにしてしまった。

『ここはどこですか？』

『何で私はここにいるの？』

　頭に浮かぶ限りの疑問を一気に聞いたけれども、ひとつも返事はなかった。返ってくるのは、私を警戒しているような視線のみ。

　もしかして言葉が通じないのかも？　と不安になりつつも、改めて言ってみた。

『私の名は恵都です。あなたは？』

　礼儀として、まずは自己紹介からだろう。

　すると――

『…………アリオス・ランバートン』

　しばらくの沈黙の後、たった一言、感情の籠もっていない低音の声で名乗った。その瞳は険しいままだったので、『機嫌が悪いのかしら？』『頭のおかしい女だと思われたかしら？』などと、ビクビクしたものだが、とりあえず言葉が通じた事には安堵したものだ。

しかし、目を細めて私の全身を見つめ、警戒している様子はなかなか解けなかった。ふと彼の腰の位置に、剣があることに気付いた。いつでも抜ける位置にあるそれを見て息を呑む。

そうして自分の置かれた状況に混乱した私は泣き続けた。彼はそんな私に何も言わず、黙って側に立っていた。

しばらくして泣き疲れて、だんだん落ち着いてきた私に、無言のまま屋敷の方へと視線を投げた。

ついて来いということなのかしら……

彼は、躊躇《ちゅうちょ》している私に背中を向けて歩きだした。その背中を見つめていると、彼が振り返った。その視線は、何故ついて来ないと、私を非難しているように見える。『もしかしたら拷問《ごうもん》されたらどうしよう』とか、悩みながらも後をついて行った。だって他にどうすればいいのか、わからなかったんだもの。

屋敷に入ると、彼は使用人を呼び出し、面倒をみるように言いつけていた。

着替えを用意され、温かい紅茶を出される。しばらくしてから彼の部屋に連れていかれ、いくつか簡単な質問をされた後、部屋を与えられた。周囲の人達から『総指揮官殿』と呼ばれ、一目置かれている人だと知ったのは、それからすぐの事だった。

最初は冷静すぎるその反応に、怖い人かもしれないと思った。何を考えているのかわからなかったし、優しい言葉をかけるでもない。かと言って厳しく問い詰める事もせずに、私を屋敷に招き入れてくれた。

私に何を強要するでもなく、ただ不憫《ふびん》に思って屋敷に置いてくれている。好きなことをさせてくれているし、仕事の時は身の安全を考慮して送迎までしてくれる。

本当は優しい人なのだ。周りが思うより、ずっと、ずっと。ただ優しさが見えにくいだけで。

その証拠に、屋敷で働く人達は皆、総指揮官殿を慕っている。心の中まで冷たい人ではないとわかっているから。私もいつか、この恩を返したいと思っている。

だから、そんな恩人ともいえる総指揮官殿を、恐れ多くも名前で呼ぶことなど出来るわけがないと、ずっと思っていた。

でも、今は——あの雨の日の出会いから、彼に一歩近づいたと思っていいのだろうか。

「…………アリオス……さん」

照れながらも口にすると、総指揮官殿の瞳がわずかに見開かれる。

ほんの一瞬だったけど、柔らかい微笑みになったかな？

最初に出会った頃に比べると、ちょっとした表情の変化でもわかるようになってきたかもしれない。

「やっぱり最初は慣れませんね。ずっと総指揮官殿って、お呼びしていたから……」

「――ゆっくりでいい」

「……はい」

今はまだ恥ずかしくて、毎回名前で呼ぶことは難しいけど、これからゆっくり……ね。

それに『総指揮官殿』という呼び方に愛着のある私がいるし。

でも、こうやって少しずつでもいいから理解したい。総指揮官殿を。

そして私のことも、ゆっくりでいいから知って欲しいと思う。

お互い歩み寄っていけば、今よりさらに良好な関係を築けると思うから――

「あなたに……だけは……」

不意に総指揮官殿の、落ち着いた低いトーンの声が聞こえてきた。

切れ長の瞳が私に向けられ、一瞬心臓が跳ねる。

形のよい唇がゆっくりと開かれ、次の言葉が紡がれるのを、私は黙って見つめていた。

「感情の表現が得意ではないと、自分でも自覚している。だが――」

不意に風が強く吹いて、私の髪が乱れる。髪を押さえながらも総指揮官殿の言葉を拾い落とさないよう耳を傾ける。

「あなたに向ける気持ちだけは、きちんと伝わっていて欲しいと思っている」

姿勢を正し、真剣な眼差しを向けてくる総指揮官殿。その瞳の奥からは強い意思が感じられ、私の心臓の鼓動が速さを増す。

まばたき一つしない、眉一つ動かさない総指揮官殿の様子は、一見すると、いつもの無表情に見えるだろう。

ただしそれは、総指揮官殿をよく理解していない人の場合だ。私の目には、総指揮官殿が何だか少し照れているように感じた。だって、ほら、いつもより耳たぶだけがほんのりと赤味を帯びている。

私がじっと見つめていると、また総指揮官殿の低い声が私の耳に響く。

「自分は――」

言葉を発する事も、動く事も出来ずに総指揮官殿と対峙《たいじ》していた私は、その言葉の先を黙って待つ。すると――

「そうだ！　そこで一気に攻めるんだ！　行け！　頑張れ！　弟よ!!」

……………え？

不意に第三者の声が聞こえたので、驚いてその声の方向を見る。すると、兄上殿が屋

敷の窓から顔の半分だけ出していた。

「……」

「……」

しばし、私と総指揮官殿の間に奇妙な沈黙が流れる。

やがて私と総指揮官殿の視線が集中している事に気付いた兄上殿は、我に返った様子で立ち上がった。咳払いを一つすると、輝かんばかりの笑顔で声をかけてくる。

「やぁ、二人でお散歩かい？」

総指揮官殿は無言で私に視線を戻したが、その後、再び兄上殿に目を向ける。

いつもと同じく変わらぬ無表情だけど、何だか半端なく怖い!!　さっき一瞬だけ見た、耳たぶの照れはどこ行った？　それともあれは目の錯覚？

ただならぬ空気を一瞬にして背負った総指揮官殿に、声をかけたくてもかけられない。

驚いて固まる私に、『失礼』と一声かけたと思ったら、軽々と窓枠を飛び越えて屋敷の中に入っていった。

おーい、そこ窓だから！　入るなら入り口からですよー！

慌てて止めようとした私の心の声が届くはずもない。

一人取り残された窓の下で、私の心臓は高鳴っていた。

兄上殿が急に現れたので会話が中断してしまったけれど、総指揮官殿は何を言う気だったんだろう。めったな事では自分から口を開かない人なので、よほど重要な事を伝えるつもりだったんだと思う。

いきなり総指揮官殿から真剣な瞳を向けられて、私ってば今でもまだドキドキしている。顔が火照《ほて》って赤くなっているんじゃないだろうか。

急な兄上殿の出現でそれがばれすにすんでホッとした気持ちと、あのまま総指揮官殿の台詞《せりふ》を最後まで聞きたかった気持ちとの間で、私の心が揺れ動く。

私は両手で頬を押さえて火照りが静まるように、落ち着くように自分自身に言い聞かせる。しばらくしてから、うつむかせていた顔を上げ——窓から見えた屋敷の中の状況にギョッとした。

「そっ、総指揮官殿！　そろそろ止めないと、兄上殿が苦しがっています！　ギブアップの白旗上げているから！　顔色悪いから！」

兄上殿が総指揮官殿に首を掴まれ、壁際に絞めあげられていたのだ。

私が窓の下から必死に声をかけていると、執事のデリックさんが廊下からすさまじい勢いで駆けつけてきた。デリックさんは二人を引き離し、総指揮官殿に頭を下げている。

そして、そのまま兄上殿の首根っこを引きずって連れていった。

自室に引きあげる最中も、兄上殿がデリックさんに説教されている声が響いてきた。

これじゃあ、どっちが主人だかわからない。

しかし、デリックさん、ケンカの対処の仕方に慣れている。やはり総指揮官殿と兄上殿の関係は、昔から変わっていないのだなぁ、とちょっぴり笑ってしまった。

4　私の決意と深夜のお茶会

深夜、屋敷の皆が寝静まる時間帯。

静寂に包まれた部屋で、自分は何故か自然に目が覚めてしまった。一度目覚めてしまうと、再び眠りにつく事は容易《たやす》くない。側近のレスターは『二度寝は最高です』と言うが、自分は体験した事がないので、わからない感覚だ。

寝そべったままの体勢で、窓の外を見る。

暗闇の中、星が輝き月明かりが窓枠を照らしている。

再度眠りにつこうと寝がえりを打つが、なかなか寝付けずに時間だけが過ぎていく。

自分は観念して寝台の上で静かに上半身を起こした。

――髪が伸びた。切らなくては。

顔にかかった前髪をうっとうしく思い、手ではねのける。

寝苦しさから寝間着のボタンをはずしてしまっていたのか、そこから胸元に風が入る。

それが今は心地よく感じる。

しばらくそのまま夜の静寂さを感じていたら、だんだん頭が正常に動いてきた。

自分はもとから眠りの浅い体質だが、ここ最近はさらに眠りが浅い。その理由はわかっていた。

――最近、彼女の様子がおかしい。

どうやら、自分でも思っていた以上に、彼女の様子が気になるらしい。夜も満足に眠れないほど。

昔は睡眠時間など、ほぼ必要がなかった。それでも彼女が来てからは、人並みの睡眠時間は確保していた。あまり寝ないと彼女が心配するからだ。

まさか今、その彼女のことを心配して眠れなくなるとは。

彼女の様子がおかしいと気付いたのは、一週間程前にさかのぼる。いつも何かを考えて、思いつめたような表情をしているのだ。

それでも、自分と一緒にいる時はいつも通り振る舞っているのだが、ふとした瞬間に、ため息をついている。

それに食事量が目に見えて減った。

もしやどこか体の具合でも悪いのか？　自分に一言でも相談してくれれば、名医を紹介するのだが、こちらから女性の体調の事に口を出すのは失礼かと遠慮してしまい、様子を見ている事しか出来ない。そんな自分が歯がゆい。

彼女にとって自分は相談出来ないくらい頼りない存在なのか――

総指揮官という、人をまとめる立場にいながら、彼女の悩みを解消出来ない無力な自分を責める。

頬杖《ほおづえ》をつき、ため息をついている彼女の様子を見ているだけで胸が痛んだ。

いつから……こんなに弱くなったのだろうか、自分は。

正直、自分は恐れているのだ。

彼女が自分のもとを離れていく事を――

あの彼女のため息の理由は、自身の故郷を思ってのことなのだろうか。

それとも、以前のようにいらぬ心配をし、この屋敷から飛び出そうと考えているからだろうか。

口に出して彼女に問いただす事も出来ず、かと言って見過ごす訳にもいかず、自分の胸の内にはずっと晴れない霧がかかっている。

——当分眠れそうにない。

あきらめて寝台から降りると、温かいブランデーでも飲もうと思いつく。屋敷の皆はまだ眠っている最中だろうから起こしてはいけないと用心して扉を開いた。自分が起きていると知れば、屋敷の皆が気を使うからだ。誰にも気付かれないように自分の気配を消して階下へと降り立った。

こうして深夜に、広い台所を改めて見ると、自身の屋敷でありながらほとんど足を踏み入れない場所だということを認識する。食器棚には銀の皿や食器などが綺麗に収納され、清潔に保たれている。メイドの皆が上手くやってくれているのだろう。温かいブランデーを飲む気でいたが、温め方やグラスのありかをよく知らない事に気付いた。もちろんブランデーのありかも不明だ。

棚という棚を全て開けて確認すればいいのだが、ここで自分勝手に動き回れば、後でメイド達に迷惑がかかるかもしれない。かと言ってこんな深夜に、自分の我がままで彼女達を起こす事などは出来ないし、したくない。

しばらく考えた結果、自身の中で下した決断は、

——しょうがない。あきらめるか。

というものだった。

踵《きびす》を返し、来た時と同じく音を立てないよう扉を慎重に開く。

「キャー!」

その時、扉の向こう側で白い物体が飛び跳ねた。跳ねたと思った瞬間、廊下で丸くなる。不審に思いながらその物体を見ると……どうやら人のようだ。

「……あれ? 総指揮官殿?」

廊下でうずくまっていたのは、寝間着の上にショールを羽織った彼女だった。

とっさに彼女を抱き起こそうと動いたが、間際で自分自身に制止をかける。

女性の体に許可なく触れる事は失礼にあたる。そう思い、手だけを差し伸べた。

おずおずと遠慮がちに自分の手を取った彼女の手は驚くほど細かった。しかし十分に温かいその手で、そっと自分の手を握り返してくる。

男と女では、体のパーツ一つをとってもこんなに違うものか。今更ながら、そんな当たり前のことに驚いた。

その手を壊さないよう、傷つけないように、細心の注意を払って少しだけ力を込めて引き、立ち上がるのに力を貸す。手から感じる体温に、自分の心まで温まる気がした。

「そっ……総指揮官殿も眠れないのですか?」

彼女が口を開く。

「実は私もあまり眠れなくて、紅茶でも飲もうかと思って起きてきたのです。でも、まさかこんな時間にこんな場所で会うとは偶然ですね。驚きました」

驚きからか、彼女は白い頬をうっすらと赤く染めている。自分はいつものように早いテンポで彼女の口から紡がれる言葉に耳を傾けた。

「総指揮官殿も、よろしければ紅茶を一緒にいかがですか?」

彼女の誘いを断る理由があるはずもなく、一つうなずく。

それを確認した彼女は、そのまま台所へと向かった。

台所に入るとすぐに、カップやティーポットを食器棚から出し、手際よく準備を始めた。自分は椅子に腰をかけ、テーブルに頬杖《ほおづえ》をついてそれを見つめる。

彼女は慣れた手つきで水を汲み、火打石で火をつける。湯が沸くまでの間、シュガーポットに砂糖を足していく。その後、紅茶の葉っぱを戸棚から取り出した。いくつか種類があるのだろう。少し悩んだみたいだが、最終的にある紅茶の缶を選んだ。

次から次へと、忙しそうに動き回る彼女の行動から目が離せない。むしろこのままずっと見ていたい気持ちになるから不思議だ。

「紅茶にちょっとブランデー入れますね。体が温まってよく眠れますよ、きっと」

沸いたお湯を注いでカップを温めている間、戸棚からブランデーを取り出す彼女。

……あぁ、その戸棚にあったのか。

日頃、飲む事はあってもブランデーの置き場所など把握していない自分は、この場では何の役にも立たない。邪魔をしないようにただ黙って座って、紅茶を用意している彼女を見続ける。

黒く長い髪の毛をたらし、白い寝間着に薄い生地のショールを羽織った姿。

……あんな薄着で寒くはないのだろうか。

機能性重視なのだろう、余計な飾りは何もなく、清潔感あふれるシンプルな寝間着だ。

デザインはいいとしても、その生地の薄さが気になる。ショールを羽織ってはいるが、華奢《きゃしゃ》な肩が半分程出ていてショールの意味もあまりなさそうだ。

寝間着は締め付けないデザインのためか、首もとが結構開いている。

長いショールを羽織らなければ、その大きく開いた首もとから胸元にまで風が入り込み、寒く感じることだろう。

白く細い首筋が風に吹かれて、体調を崩したりはしないのだろうか。

そのふくよかな胸にだって――

そこで我に返る。

……自分は、彼女のどこを見て何を言っているのだ。

彼女を隅々まで観察するような不躾《ぶしつけ》な視線を送ってしまった。女性に対して何と失礼な態度を取ってしまったのか。それに一瞬とはいえ、女性の首筋や胸元に目を奪われるなど言語道断だ。

自分の愚かな行動に気付いて動揺し、彼女から視線を逸《そ》らす。

冷静さを取り戻そうと頭を横に二、三度振り、この邪《よこしま》な気持ちを払うために目を瞑《つむ》った。

無礼な振る舞いを深く反省すると共に、己《おのれ》のたるんだ精神に活を入れ、明日の自主練習は倍にしようと誓う。

そんな自分の動揺を知らずに、彼女はいつもと変わらぬ様子で微笑みながら、紅茶の入ったカップを差し出した。

「温かいうちにどうぞ」

彼女は紅茶のカップを持ち自分の目の前に来て、側にあった椅子に座る。そして一口、紅茶を口にした。

「……温かい」

誰に言うでもなくつぶやいた彼女の白い頬は、先程より少し赤味を帯びてきたようだ。

温かい飲み物を口にして体温が上昇しだしたらしい。

それにしても――

いつもの食事の時より、ぐっと距離が近い。手を伸ばせば容易に届く場所にいる。

夜がふけていく空間で、向き合って静かな時を過ごす。

彼女の淹《い》れてくれた紅茶の香りを楽しみながら、一口飲むと体と共に心まで温まっていく気がした。

こんな夜も悪くない――

同じ時間を共有できる喜びを自分は知った。

＊　＊　＊

そ、そ、そ、総指揮官殿!?

うっかりばったり会っちゃったよ！　ここであったが、百年目！　いや違う、何時間ぶり！

しかも、何故深夜に思いもよらないこの台所で!?

絶対誰にも会わないと、高をくくっていた私はかなり驚いた。

総指揮官殿の動物的な勘の鋭さに脱帽しました。降参です。やはり彼に隠し事は出来ないのだと身をもって知る。

屋敷の皆が寝静まっていると思っていた深夜に扉が急に開いたものだから、オバケと勘違いして悲鳴を上げてしまった。慌てて逃げようとしたら、足がもつれて転んだ挙句、うずくまる私って格好悪い。いつもの冷静な顔で差し出された総指揮官殿の手を、トホホの思いで取る。

――あ、総指揮官殿、手が冷たい。

総指揮官殿の手に触れた瞬間、そう感じた。夜は気温が下がって肌寒いから、きっと冷えたのだろう。

しかし、何をしていたんだろう。こんな時間に、この場所で。

聞いてみたいけど、聞いたら私がここにいる理由も話さなければいけない事になる。が、それはちょっと遠慮したいところ。

そう考えて黙る私に、総指揮官殿の冷静な眼差しが向けられる。何だか、全てを見透かしているようなその瞳に見つめられると、白状してしまったほうがいいんじゃないかとさえ思えてくる。

私がここにいる理由……それは、乙女事情によるものだった。

あれは、アデルと子猫とゴロゴロしていた昼下がり。

床に座ってくつろごうと思い腰を下ろすと、何かが引き裂かれる音が聞こえた。

恐る恐る音のした方をみると、音の出どころは自分。しかもスカートのお尻部分の布が裂けていたという……

何これ！　どうしたの？　もしかして子猫が引っかいて切れちゃった!?

と、現実逃避しているところに、『あの……もしかしてお洋服切れました？』というアデルの一声がかかった。

遠慮がちに聞いてくるアデルに、私は涙目になりながらうなずく。

どうやらアデルにも聞こえていたのね……。空耳かと思いたかったけど違うのね……

この瞬間、もう認めるしかなかった。

——そうなのだ。

最近、『もしかして私太った？』とうすうす感じていた。

だって、この世界に来てすぐに採寸して作ってもらった洋服が、何だか窮屈なのだ。

ううん、きっとお洗濯のし過ぎで服が縮んだのよ。それとも私、成長期かしら？

自分自身にそう言い聞かせて真実から目を逸《そ》らしてきたけれど、現実を叩きつけられてしまえば仕方ない！

元から甘い物好きな私は、毎日総指揮官殿の甘いスイーツ土産で餌付《えづ》けされていた。

これで太るなっていう方が無理でしょう。

「だ……大丈夫です！　全然太ってなんかないですよ！」

アデルの必死のフォローが、むしろ悲しくなる。アデルさん、目が泳いでますよ。

それに、私は知っている。女の子同士の会話、特に体重関係は絶対真に受けてはいけないと。

『私、ダイエット始めたんだ』

『えー全然太ってないじゃん！』

『太ってるよ！　最近やばいんだよ』

『太ってないって！　ダイエットなんてする必要ないよ！』

『……そっ、そうかなぁ？』

こういった女友達のリップサービスを鵜呑《うの》みにして喜んでいると、結局後悔するのは自分だ。

〝ダイエット　いつの間にやら　どこいった〟

そんな一句が出来るのがいつものパターンだし。

それに、私を気遣い『全然太っていない』とお世辞を言ってくれたアデルのスタイルは、ボン・キュッ・ボン。

今の私は……このままいけば、ボン・ボン・ボンのボンレスハム確定。お歳暮《せいぼ》に出来るかもしれない。

その時、私は誓ったのだ。

絶対痩《や》せると！　そのためにもまずは、甘い物の誘惑を絶つと！

そうして、食事量を控えめにし、デザートはそれとなく遠慮していたら、ある日、総指揮官殿と目が合った。両手を組んだまま私を鋭く見つめる総指揮官殿の目はこう語っていた。

『食べ物を粗末にしてはいけない』

結局私はその重圧に耐えきれず、食べた。

一口食べた瞬間、口の中に広がるハーモニー。でも心の中は食べて後悔、懺悔《ざんげ》の歌が始まる。

こうなれば、無理な食事制限は禁止だ。運動よ、運動！　体を動かすのが一番よ！

でも、いつ？　どうやって？

総指揮官殿なら、親身になって腕立て一〇〇回、腹筋二〇〇回、スクワット一〇〇回、そしてとにかく走る等、騎士レベルのトレーニングメニューを用意してくれそうな気がする。総指揮官殿の指導のもと、おさぼりは許されないだろう。みっちり付きっきりで指導が入るはずだ。

そんなメニューを用意されただけで吐きそうだけど、やる前から『無理です』と弱音を吐いたら、総指揮官殿にどんな冷たい目で見られるのかわからない……！

――となれば、自分一人で頑張るしかないわけで。

じゃあ、いつよ？　と、考えたのが今日の夜のことだ。

夕食を腹八分目どころか、半分の量に減らした。総指揮官殿の視線はあえてスルーで！

向き合うと負けちゃうから、見ない見ない。

その後自室に引きこもり、腹筋十回やったところで力尽きた。

自分の体力のなさを嘆《なげ》きながら休憩に入ると、そのままベッドで眠ってしまったようだった。

そして深夜にお腹の虫が大合唱する音で起きた。

これは、失敗だわ。睡眠を害してまでダイエットしても意味がない。

などと自分に言い訳しつつ、喉が渇《かわ》いたので飲み物を取りに下に降りて来たのだ。

誓って言うけど、こんな時間に軽食なんてとる気はない。

こんな深夜ですもの。すぐに実となり肉となるゴールデンタイムですもの！

ただし目の前に食べ物があったら暴走してしまうかも……危険。

目的地である台所の前まで来て、扉の取っ手に手をかけようとした瞬間、先に扉が開いたので驚いて飛び跳ねてしまった。

すっ転んで廊下でうずくまる私を冷静に見下ろしているのは、総指揮官殿でした。

思わぬ場所で、思わぬ人物と出会って動揺したけれど、良かった！　何とか誤魔化《ごまか》せた！　ぎりぎりセーフ！

紅茶というのは建前で、本音は何か軽く口にする物があればいいなぁ……そう思っていたなんて、どの口が言えようか。しかし、台所に忍び込んだ時点で食べる気満々じゃん。あわわわ。

しかし、総指揮官殿。

いつもは首元まできちんとボタンを留めているけど、今はラフな寝間着姿だ。

首筋に流れるようにまとわりついている髪が、魅力的な雰囲気を醸《かも》し出している。

長い足を組んで、無表情ながらどこかだるそうに頬杖《ほおづえ》をついて私を見るその姿は、深夜なのに何だか眩《まぶ》しく感じた。ただでさえ男前な総指揮官殿に色気のあるポーズをとられると、目のやり場に困る。

胸元がはだけているから余計にわかる、引き締まった体の逞《たくま》しさ。

くっ……細マッチョめ！　私のお肉を分けてあげたいぞ。毎日鍛錬している総指揮官殿なら一瞬にして消費してくれそうだ。

あぁ、どこまでも他力本願な自分に嫌気がさす。こんな事を考える私ってば変態かもしれない。仮にも恩人である総指揮官殿に対して何たる失礼な……

ここは一発、総指揮官殿に早く寝てもらおうと思い、紅茶にブランデーを少々たらす事にした。

紅茶に二滴程ブランデーを混ぜて、総指揮官殿に差し出す。

調子に乗った私は自分の紅茶にもブランデーを数滴たらそうとしたのだが、手元が狂ってドボドボ入ってしまった。

うわぁ！　何たる事だ！　私ってば動揺しすぎじゃない？

これじゃあ、『紅茶に少々ブランデー』じゃなくて『ブランデーに少々紅茶』だよ！

間違っているこの分量！

しかし、今さら自分の紅茶だけ淹《い》れ直す訳にもいかず、平然と何事もなかったように、紅茶……の味がまったくしない、ブランデーを口に含む。

高いアルコール度数にむせてグフグフしながらも一口飲み込むと、次第に私の体も温かくなってきた。空腹だった体にダイレクトに染み込むブランデー。

何だか胃が熱く感じるのは気のせいかしら。五臓六腑《ごぞうろっぷ》に染み渡る、ってこんな感覚をいうのかもしれない。

ふと、そんな落ち着きのない私をじっと見つめる薄い青の瞳に気付く。

何か、会話をしなければ——そうだ。

「あの、子猫の名前なのですが……」

「……クロアドリアナ・デアロンダ・ティーアロード＝アウパンデスラード・オーディァルドアラクダル」

静かな声で発した英雄の名前を聞いて、その名前をまだあきらめていなかったのだと苦笑する。

ずっと保留にしていたけれど、総指揮官殿に告げなければならないことがある。

「それが残念ながら、私達が名前を考えている間に、もう決まってしまったみたいです」

「……？」

「名前がないのでどう呼べばいいのかわからなくて、誰かが適当な名前で呼び始めたらしいのです。その名前が自分の名前だと思ってしまったのか、呼ぶと近寄ってきますよ」

あれだけ毎日『わたあめ』と呼んで、刷り込み計画をしていたのに、無駄だったみたい。

「だから子猫の名前は『マール』で決定です」

ああ、残念。『わたあめ』も可愛い名前だと思ったのに。

そう告げると、総指揮官殿はわかったとばかりに、うなずいた。

「やはり名前は大事なことだから、早めにつけてあげないといけませんね……。そうですよね、毎日屋敷にいるメイドさん達の方が接する時間が長いんですもの。そりゃあ、覚えますよね。今回は私達の名づけのタイミングが悪かったので、この反省を次回に生かさないといけませんよ」

もうあきらめるしかあるまい。今さら名前も変えられないだろうし。

総指揮官殿は黙ったまま、ゆっくりと瞬《まばた》きをした。

「でも、いくら尊敬する英雄だと言っても、猫にあの名前は長いですよ」

しかも真面目な顔して言うのだから、もうツッコミどころがわからなくなる。私は思い出して、クスリと笑ってしまった。

「総指揮官殿は、ご自分の子供が産まれたら、その英雄の名前をつけたがりそうですよね」

冷静に考えるともっとおかしくなって笑いながら続けた。

「さすがに自分の子供に、あの英雄の名前はちょっと……元気すぎる気がします。もう少し違う名前の方が穏やかな人生を送れると思うので、私は反対しますよ」

私が笑顔のまま総指揮官殿を見ると、彼はゆっくりと首を横に向け、珍しく私を二度見した。その表情に変化はなかったが、二度見する動作は珍しいな、と思った瞬間固まった。

え？

……私、何て言った？

ちょ、ちょっと待って、ちょっと待って。先程の自分の台詞《せりふ》を脳内で巻き戻しをかける。

まるで私と総指揮官殿との子供………みたいな言い方じゃない!?

ちょ！　私ってば、なんでこんなことを口にしているんだ！

恥ずかしすぎるたとえ話を、ごく当たり前のような顔をして言ってしまった！　何をとち狂っているんじゃー!!　ずっ、ずうずうしいにも程がある……っ!!

だんだん顔に熱が集中してきた。もしかしなくても発熱中だ。

羞恥《しゅうち》のあまり、地面に転がって頭を抱えたい気持ちを必死に抑える。

しかし私の動揺した態度を黙って見ていた総指揮官殿は、全く動じずにサラリと返した。

「――いい名前だと思うのだが」

総指揮官殿のその表情はいつもの無表情で、なおかつ態度は冷静だった。声のトーンも変わらない。

良かった、変な意味にはとらえられていないみたい。ホッとしたけれど、恥ずかしいのに変わりはない。

総指揮官殿は自分の発言に一人で混乱する私を、まだ静かに見ている。

「何だか喉が渇《かわ》きましたね、紅茶、紅茶！」

まずは落ち着こうと思い、紅茶のカップを口に持っていく。もはや紅茶の味なのか、ブランデーの味なのか、感覚と共に舌も麻痺《まひ》していて分からない。だが喉が渇いていたので、そのまま一気に飲み干した。

そんな私を総指揮官殿は静かに見つめていた。テーブルに肘をついて組んだ手に顎を乗せ、切れ長の瞳を向けている。

青い瞳って、何故こんなに綺麗な色なのだろう。私も黙って見つめ返していたが、ふと気付いた。

「総指揮官殿……髪伸びましたね」

サラサラした茶色の髪は、男の人なのに細くて癖《くせ》のない髪質だ。触ったら柔らかくて気持ちいいのだろうな。

実際に手を伸ばして触れてみると、思った通り、触り心地は最高だった。指の間をサラサラと流れる。

…………って、何やっとんじゃーー！　私は！

我に返れば手を伸ばして、総指揮官殿の前髪を勝手に触っている私。

——その柔らかそうな髪に触れてみたい。と、思うがままに行動に移した私は、絶対におかしい。

だが、時すでに遅し。総指揮官殿の前髪の奥から、青い瞳がこちらを向く。

手を引っこめればいいものか、触り続けていいものか迷いながらも、彼と視線を交差させる。

「……すっ……」

すみません、と口を開きかけた時に、総指揮官殿の手が伸びる。

筋肉質で大きな固い手が、まるで壊れ物を扱うかのようにそっと私の手を包んだ。

総指揮官殿に右手を握られたまま、頬が、体が、全身が熱くてたまらなくなる——

一気に頭に血がのぼり、私の意識は途絶えた。

うっすらとした意識の中。

何だか揺りかごに揺られているような感覚でとても気持ちがいい。

耳元で聞こえるのは、トクトクトクという一定のリズム音。

その音に全身を包まれ、私は安心しきっていた。

目を開けようとしても、開かない。頭ではわかっているけれど、何だか体が上手く動かずに重たいのだ。

ぼんやりとした頭で薄く目を開けると、窓から差し込んだ月明かりが廊下を照らしているのが見えた。どうやら私は温かい何かに包まれて運ばれているらしい。自分がどうやって運ばれているのかを、考えるのもおっくうだ。今はただこの心地よいリズムと温かさに触れていたい。

そう思いながら再び目を閉じ、意識を手放した。


「……って！　今何時っ？」

早朝、私はベッドから飛び起きる。しかし、起きたと同時にまたベッドに逆戻りして枕に顔を埋《うず》めた。

胃がムカムカする。きっ……気持ち悪い。それに何だかすごく頭が痛い。

今日、仕事が休みで本当に良かった。

周囲を見回すと、ベッド脇のテーブルにガラスのコップが置いてある。水が入っていたので手を伸ばして取ると、一気に飲み干した。飲み干してから、はたと気付く。

私、いつの間にベッドに入ったのだろう。

台所……台所に行ったよな、確か。そこで総指揮官殿とバッタリ会って一緒に紅茶を飲んでから、どうしたんだっけ？　あれから私、記憶がない……

その時、扉をノックする音が響き、アデルが入ってきた。

「失礼します。やっとお目覚めになられました？」

部屋に入ってきたアデルは遠慮なしにカーテンを開く。眩《まぶ》しい光が入ってきて、私は思わず目を細めた。

「わっ、私、なんでここに寝ているの!?」

「そりゃ、ご自分のお部屋ですもの。寝ていて当たり前ですわ」

さも当然のように言うアデル。そうだけど、そうだけど、そうじゃなくって！

残っているのは胃のムカムカと頭痛と、そして……。

「窓を開けて換気しますね」

アデルは鼻を少し動かした後、理由も言わずに窓を全開にした。

ありがとう、アデル。私自身、酒臭い自分の匂いに酔いそうで吐きそうだったんだ。

でもそこまでお酒は飲んでいないはずだ。だって途中まではちゃんと覚えている。総指揮官殿の髪に触れ、そして、手を握られて——

「総指揮官殿は、もうお出かけになられましたよ」

「そそそ、総指揮官殿が？」

まさに今考えていた人物の名をアデルが口に出したので、思いっきり動揺して口を開く。

「ええ。台所でお休みになってしまったので、お部屋に運んで下さったのも総指揮官殿です」

驚愕の事実に顔を上げて叫んだ。

「えーーー!!　運んだの？　私をここまで!?」

「そのようですわ」

それはどうやって!?　台車か何かに乗せて運んだの？　誰かと二人がかりで？

もしかして総指揮官殿がお姫様抱っこ……いやーーー!!　重い!!　重すぎる！

私が総指揮官殿なら、あまりの重さに腰抜かすか、翌日筋肉痛だね!!

アデルから聞かされた出来事に身悶《みもだ》えする。知りたくなかった、その事実。

人間知らない方が幸せなこととってある。

ベッドに潜り込み、しばらくの間じたばた騒ぐ。

そうして、二日酔いと羞恥心《しゅうちしん》と混乱で、私の休日は終わった。

「それで失敗したんだね」

私はスイーツを食べながら、目の前の席に座っている兄上殿に先日の一件を話していた。

あれからも、兄上殿はたまに時間が出来るとふらりと食堂にやってきて、軽食を食べていく。おかげで、すっかり打ち解けた。男の人なのに、まるで女子同士の会話をしているみたいだからだ。

兄上殿と、総指揮官殿についての話題で盛り上がっているのは、本人には内緒の話だ。

「だけど、痩《や》せる必要なんてないよ。そのままで十分可愛いしね」

「いいえ、せめて服を元のサイズに戻すまで頑張ります」

兄上殿は優しい笑みを浮かべ、私に甘い誘惑の言葉を投げるが、私の決心は固い。

その言葉を信じてしまうと、どんどん取り返しのつかない領域までいってしまうのよ。

私はそういう女なのよっ！　甘やかさないでっ！

「それで減量はどうやってするの？」

優しく笑いながら聞いてくる兄上殿に、私は言葉に詰まる。

「いや、減量はしたいけど一人じゃ無理で……」

だ、だって兄上殿がこうやってスイーツで私を甘やかすから！

そうだよ、この弱い、弱すぎる意志を見て。痩せたいと口では言いつつ、甘いスイーツを口に運ぶ。何とも矛盾《むじゅん》したこの図。

「それなら、弟と一緒に運動すればいい」

「総指揮官殿とですか？」

名案が思いついたと言わんばかりに、瞳を輝かせてくる兄上殿だけど、無理、無理、無理。

私達二人の体格差を考えて欲しい、兄上殿。

総指揮官殿は、すらりと伸びた身長に、余計な肉などついてない引き締まったお体。日頃鍛えているだけあって美しく均整のとれた体つきをしていて、きっと運動神経は抜群だろう。

反対に私は、中肉中背の万年運動不足。

そんな体格と能力の差のある私達に、どうやって一緒に運動しろというのだろう。

「けど、総指揮官殿と一緒に出来る運動なんてないと思います……。第一、あの方にはお仕事だってありますし」

やんわりと、兄上殿の提案を断る。

「一日の仕事が終わった夜に、二人で出来る運動だよ」

「夜に二人で運動？」

「そう。肌と肌を寄せ合う、大人の運動さ」

「…………」

「それに、汗もたくさんかくだろうし。気持ちいいだろう？」

すごく真面目な顔して言う兄上殿に、一瞬どころかしばらくフリーズする。

えっと、兄上殿は何をおっしゃっているのかしら……

肌と肌のぶつかり稽古《げいこ》……でしょうか、それって。

まさか、こんなに真面目な顔して白昼堂々のセクハラ発言？

どういった態度を取ればいいのか、反応に困って黙っていると、

「それとも嫌かい？　弟が相手では？」

と私の顔色をうかがいながら、兄上殿は心配そうに聞いてくる。私は慌てて否定した。

「いえ！　嫌っているわけではありません！」

ちょっとちょっと！　何を真面目に返答しているのだ、私！

好きとか嫌いとか、それ以前にいろいろすっ飛ばしている気がするのですが……

そもそも『総指揮官殿。ダイエットしたいのでお相手して下さい』と、お願いするものなのかしら、ソレは。

違う、違う。私そんなに軽くない。

それにいきなり私がそんな事を言い出したら、総指揮官殿だってドン引きだ。

しかし何故こんなに、兄上殿のノリは軽いんだろう。何かおかしい。いや、おかしい

のは私のほうなの？

感覚の違い？　常識の違い？

考え込む私を見て、兄上殿は一つ提案をしてきた。

「じゃあ、私が相手をしようか」

「え!?」

兄上殿の急な申し出に、思わず声が裏返って大声で聞き返してしまう。兄上殿は優しい瞳で私を見つめて笑った。

「大丈夫。自分で言うのもなんだけど、今まで相手をした女性達に、上手だって言われるんだよ」

「でっ！　でも！」

「きっと退屈はさせないよ。むしろリードして楽しませてあげられるし」

「いえいえ！　めっそうもございません！」

「まずは弟の前に私で試してみるのもいいだろう。気楽に練習だと思って」

兄上殿の、『自分は練習台』発言に私は固まる。

「まぁ弟も、ああ見えて経験は豊富だよ。だからリードしてくれると思う」

……そうなんだ。総指揮官殿は経験豊富なんだ……

それは、それは、知らなかったわ。

そりゃ、あの容姿で誰が見ても美男子だと思うもんね。クールなところが女性に人気なのかな。

一見無表情だけど実はすごく優しいし、気配りも出来るし、きっと女性にモテるとは思っていたけど——そっか。

そうなのか……

黙り込む私を見て、兄上殿はくすりと笑った。

「だから、やってみるといいよ——ダンス」

「え？」

私が驚いて顔を上げると、微笑む兄上殿と目が合う。彼は優しい眼差しのまま再度口を開いた。

「社交ダンスだよ」

私は自分自身の勘違いを恥ずかしく思い、動揺してしまった。

「でっ、ですよねっ⁉」

「社交ダンスは体力を消耗するからね」

あぁ！　私の勘違い！　穴があったら入りたい。何たる私の一人暴走！

兄上殿はそんな私の動揺っぷりに気付いているのかいないのか、続ける。

「ダンスを練習する時は、もちろん見に行くよ。真っ正面から見に行っても弟は決して私の前ではやらないだろうから、陰から見つめているとしよう。……あぁ見たいな！　弟の態度は一見冷静だけど、心の中はドッキドキしているに違いない！　そんな態度も限りなく可愛らしいと思うのだよ。それにケイトはドレスを着て弟と踊るんだろう？　これはぜひ、素敵なドレスをプレゼントしなければ！　あぁ、その瞬間に立ち会えたら歓喜の涙を流してしまうかもしれない……。そしていつの日か、二人で呼んで欲しい！『お兄ちゃん』と！」

兄上殿が総指揮官殿絡みで暴走するのはいつもの事なので、もう慣れてしまった。

私は耳を傾けながら、残りのスイーツを口に入れるのだった。


そうして総指揮官殿と共にとる、いつもの夕食の時間。

私はナイフとフォークを動かしながら、心の中はぼんやりと昼間の兄上殿の言葉を思い出していた。

『まぁ弟も、ああ見えて経験は豊富だよ。だからリードしてくれると思う』

兄上殿いわく、総指揮官殿は社交ダンスも上手に出来るらしい。

やっぱり育ちがいいので、幼い頃から礼儀作法の一環として習ってきたのかな。いや、きっと元々何でもそつなくこなせるのだろう、そんな気がする。

しかし社交ダンスだなんて、優雅に動いているかのように見えるけど、結構体力を消耗しそうだ。だからこそ、兄上殿はいい運動になるだろうと思って、私に勧めてきてくれたのだろうけど……思いっきり相手の足を踏みつけてしまう自信がある……！　変なトコにばっかり自信があって困るわ。

と、社交ダンスについて考えながら、ナイフとフォークでメインディッシュのお肉をいつもより時間をかけて丁寧に切り刻む。

こうやって一口、一口小さめに切ってよく噛んだら、早く満腹になるかなぁと思って。ささやかな努力です。無駄な努力とは言わないで。

真剣に肉を切っていたら、ふと総指揮官殿と目が合った。ワイングラスを片手に、こっちをずっと見ている。

総指揮官殿のお皿はすでに空で、メインのお肉はもうない。

アルコールが入っているはずなのに、顔色はちっとも変わっていないのが総指揮官殿の凄いところ。

あ、社交ダンスについて考えるのに夢中で会話を忘れていた。

いつもおしゃべりな私が黙っているので、不思議に思ったのかしら。

やっぱり楽しいひと時のためにも会話は必須だよね、と慌てて話題を探す。

「そういえば今日、兄上殿が食堂にいらっしゃいました」

そこで私は、兄上殿からご馳走になったスイーツの、口の中でとろけるような美味《おい》しさを語り、兄上殿と過ごした時間を語る。

『一日の仕事が終わった夜に、二人で出来る運動だよ』

『そう。肌と肌を寄せ合う、大人の運動さ』

『それに、汗もたくさんかくだろうし。気持ちいいだろう?』

昼間の兄上殿の言葉を思い出して赤くなる私。なんて妄想してしまったのかしら、私ってば。

しかし、兄上殿には悪気はないはず。だって真面目な顔をしていたもの。勝手な誤解をして一人で暴走した私が悪いのだ。

ちらりと総指揮官殿の様子をうかがう。細身の体なのに胸板も厚く引き締まっていて、腕も逞《たくま》しく長い。兄上殿の言った通り、ダンスでは上手にリードして踊ってくれるのだろうな、と思った。

女性が足を踏んでしまっても、きっと眉ひとつ動かさなそう。

いつも冷静沈着だけど、どんな顔して女性とダンスをするのだろう。

笑って？　それとも変わらず無表情で？　どんな風に女性と密着してダンスをリードするのかしら？

赤ワインを口に流し込む総指揮官殿のその姿もスマートだ。きっとダンスもこんなスマートに、何気ない素振りでリードして踊るのだろう。

そう考えていたら、急に胸の奥が熱くなってきて、大胆にもこんなことを考えてしまった。

――もしかして初心者な私でも、お願いしたら一緒に踊ってくれるかしら？　なんて。

でも、いきなり『一緒にダンスをして下さい』なんて言い出したら変に思うかな。

じゃあ、まずは社交ダンスへと続く会話の糸口を見つけるところから始めよう。

私は意を決して顔を上げ、口を開く。

「今日、兄上殿から、総指揮官殿は経験豊富だとお聞きしました」

「…………」

しばし二人の間で流れる沈黙。

あれ？　今、大事な何かが抜けたよね？

『社交ダンスの』という大事な一言を言わなかったような……

その主語があるかないかによって、だいぶ意味が違う風になるよね？

ただ経験豊富と言うと、女性との交際経験が豊富な意味に聞こえてしまわないか？

自分の言葉に一瞬慌てるも、ワイングラスを片手に私を見つめる総指揮官殿の表情に変化はない。

きっと軽く流したか、聞こえなかったのだろう。

ただ続きを待っているように見える。だけど、そんな真正面から見つめられたら自分のお願いが急に恥ずかしく思えてきて、言い出せなくなる。

「そっ、そういえば今朝、マールが──」

顔が火照《ほて》ってきた私は、『ダンスを一緒に踊って欲しい』というお願いはとりあえず後にして、全然別の話題を振った。

それからは、特に変わったこともなく、いつものように私の一方的なおしゃべりで夕食の時間の幕は閉じた。

翌日早朝。

ベッドから起き上がり顔を洗っていると、部屋にアデルが入ってきた。

「本日、総指揮官殿は急用があると言い、早朝一人でお屋敷を出ていかれましたよ」

そうなんだぁ……。やはり忙しいお方《かた》なのだ、総指揮官殿って。

私が起きる前に出かけたなんて、よほど大事な用事なのだろう。

やっぱり社交ダンスの相手なんて頼まなくて正解だ。ただでさえ自分の時間がないだろうに、申し訳ない。

私は、昨日のお願いを封印する事に決定した。

＊＊＊

自分がわざわざ早起きして、朝から見たくもない顔を見に来たのは、大事な事を伝えなくてはならないからだ。

用がなければ、早朝からこんな――

「やぁ！　おはよう！　こんなに朝早くから私のところにやって来るとはこれは夢か？　夢の続きなのか？　神よ！　爽《さわ》やかな目覚めに感謝しよう！　そして頼む、夢なら覚めないでくれ！」

自分を前にやたら張り切る人物を見て、眉間に皺《しわ》が寄る。

「そうだ！　朝食も一緒に食べていくだろう？　我が弟の好きな食べ物も、いつか来るはずと思っていたこの日のために常備してある！」

「……」

「ところで昨日は食堂に出向いて彼女と一緒に食事をとった……ん！　んん？　弟よ！　寝起きから首絞めは……！　ぐっ……！　は……っ!!」

何も言わずに、まずは兄の首を絞めた。

話は――それからだ。

5　ライバル登場

私が総指揮官殿のお世話になって、もうちょっとで十カ月になる。

最初は冷静沈着でとっつきにくい人だと思ったけど、徐々に慣れてきたし、無表情の中にも感情のある優しい人だと理解してきた。今は、一緒にいる空間が心地よくなってきている私がいる。

おしゃべり好きな私と聞き上手な総指揮官殿。ちょうどいいんじゃないだろうか。

いつまでお世話になれるのかはわからないけれど、もう少しこうしていられたらいいのに――

いやいや甘えてはだめ！　と気を引き締めていた矢先、ちょっとした事件が起きた。

お休みの午後、紅茶を飲んでゆっくりとしていた時、アデルから一通の手紙を手渡された。

「私に？」

「はい、そうです。お手紙が届いています」

アデルから渡された手紙は、薄い青のレースで縁《ふち》取られた可愛い封筒に入っていた。

いったい誰からだろう。私にわざわざ手紙を出してくれるような人なんて思いつかない。それこそ総指揮官殿ならあり得るが、彼とは毎日顔を合わせているからさすがにないだろう。

じゃあ、いったい誰が？　もしかして、食堂の私のファンかしら？

――なーんて、そんな事ある訳ないない。私は自惚《うぬぼ》れた考えに、笑ってしまった。

封を開けようか、ためらっていると、封筒から微《かす》かに花の香りがした。

きっと女性からの手紙だと確信した私は、何となく警戒心が薄れて封筒を開ける。中から出て来たのは一枚の青い便箋《びんせん》。緊張しながら手紙を開いてみると、そこに書かれていたのはとってもわかりやすい一文だった。

『早く出て行って』

可愛らしい癖《くせ》のある丸い字は、やはり女性の字だ。

「どうしました？」

手紙を開けたまま固まる私に、アデルは心配そうに声をかけてきた。

私はアデルの顔を見ると、手紙を差し出して見せた。

「──まぁ！」

アデルは口に両手を当てて驚いている。手紙をもらった張本人である私も驚いたし、何よりもショックが強い。

『早く出て行って』って、このお屋敷からだよね？

肝心な差出人の名前はない。誰からだろう？　もしかして総指揮官殿の女性関係……？

それ以外考えられない。私という人物が屋敷に居座っているのが気に入らないのだろう。

確かにショックだけど、差出人も理由もわからなければ対処のしようもない。私は、心配してくれるアデルに自分の考えを告げる。

「まずは、様子を見ようと思う」

「今後の事も考えて、総指揮官殿に相談した方がいいと思いますよ」

「この一通で終わるかもしれないし。また送られてきたら、その時に考えるわ」

「でも……」

渋るアデルを説得して、総指揮官殿には内緒にしてもらうことにした。

相談すれば早いのだろうけど、きっとこれは総指揮官殿絡みだから、彼の人間関係をややこしくさせてしまったら悪いし……

そういえば、私は彼の交友関係をよく知らない。ふと彼の交友関係が気になってきた。私のことを周囲の人になんて説明しているのだろう。どんな人とお友達なのかしら。この手紙の相手は総指揮官殿に好意を持っているに違いないだろうけどね。

そう思った瞬間、胸の奥がズシリと重くなった気がする。呼吸をするのが辛いと感じるほどだ。

「大丈夫ですか？」

気遣わしげに顔をのぞき込んできたアデルに、無理矢理作った笑顔を向けて、心配ないと告げた。実際は自分でもわかるぐらい動揺していたけれど――

「また届いたわ」

「届きましたね……」

差出人不明の手紙を最初にもらってから三日後。また手紙が届いた。今回は白い封筒いかない。

アデルと二人で顔を見合わせたものの、いつまでも机の上の封筒を見ているわけにはいかない。

「開けるわよ」

合図と共に封を開けると、またもや可愛らしい文字で一文が書かれていた。

『そこを離れて』

やっぱり、これは宣戦布告だわ。

「もしかしてとは思うけど……」

「はい、何でしょうか？」

私は聞きにくいことを、勇気を出して口にする。

「私がここでお世話になる前に……よく来ていた方とかいた？」

「よく来ていた方ですか？」

「ええ」

私はすごく緊張してアデルの返事を待つ。アデルは首をかしげて、笑顔を見せた。

「そうですねー、兄上殿はしょっちゅう訪ねて来ていましたし、あとは騎士団関係の方とか……」

「そうじゃなくって……ね」

女性で、こういう手紙を出すような人に心当たりはないのだろうか。総指揮官殿と、その、個人的な付き合いのあった人とか。

聞きたいけど……聞きたくない。複雑な気持ちだ。

「しかし、兄上殿は半分以上門前払いされていますし、騎士団の方々もお堅い方達ばかりで、用事が済めばすぐに帰ってしまわれますしー」

のらりくらりと説明するアデルを、たまらずせっつく。

「だから、そうじゃなくてね——」

「んー、何がですか？」

とぼけた振りをしているけど、アデルってば絶対わかって言ってるでしょう！　だって目が笑ってるもの！

なんで恥ずかしいことをわざわざ私の口から言わせるかな。アデルもいい性格しているわ、本当。

「いませんよ」

どうやって聞き出そうか迷っている私に、アデルは優しい笑みを向ける。

「——はい？」

アデルは急に姿勢を正して、真面目な顔をして告げる。

「お屋敷に個人的にお招きしていた女性はいません。総指揮官殿の女性関係までは詳しくはわかりませんが、少なくともこのお屋敷に定期的に来ていた女性はいません」

「そっ、そうなんだ」

内心、すごくホッとした。それが自分でも知らずに、顔に表れていたらしい。

アデルは私の顔を見て、また微笑んだ。思考の全てが見透かされているみたいで恥ずかしい。

「顔が赤いですよ」

アデルに指摘されて頬に手を当てると、熱を持っているのがわかる。

「私も思い当たる人物がいないので不安です」

そう言ってアデルはため息をつく。

「総指揮官殿はお忙しい方ですし、以前は屋敷にはただ寝に帰るだけという時期もありました。お仕事が忙しい時は屋敷にも帰らず、職場で寝泊まりしたりもして――。そんな様子を屋敷の皆で心配していた時もありましたし」

総指揮官殿ってば、今でも十分忙しい人だとは思うけど、昔はもっと多忙だったということか。

「それが最近では、毎日必ず帰って来られます。その時間も早くて、屋敷にいる時間が増えました」

原因は、私の仕事が終わる時間に迎えに来てくれるから。

時々仕事が早く終わった時でも、連絡をするよう言われている。すると、総指揮官殿が迎えに来てくれるのだ。屋敷に私を送り届けてからもう一度仕事に戻る場合もあるので、さすがに申し訳なくて遠慮しているのだけど、彼は頑《がん》として譲らない。『――心配だ』と一言返されて終わる。

私を送迎してくれるのだって、事故に巻き込まれたり、誘拐されたりしないか心配しているのだと思う。でもさすがに、この歳になって迷子の心配はないだろう。もう通いなれた道だし、そこまでしなくていいと思うんだけど。

ぼやっと考えている私に、アデルは続けた。

「それに、お話しする回数も増えましたし」

「え？　あれで⁉」

「ええ。あれで、です」

アデルがにっこり微笑む。

驚いた、驚愕の事実。総指揮官殿ってば、あれで口を開く回数が増えたなんて、以前はどれだけだんまりだったのだろう。それでどうやって生活していたのだろうか。

確かに総指揮官殿は、私が今まで出会った人の中で一番無口だ。必要最低限しか口にしないし、ましてや彼の口から冗談なんて聞いたことがない。

だけど、私が何か冗談を言っても、バカにするでも蔑《さげす》む訳でもなく、黙って耳を傾けてくれている……と思う。反応の薄さにもう慣れちゃったので真相は不明だが。

「使用人の中には、総指揮官殿の声を聞いたことのない人もいたくらいですから」

「そっ、それは……」

何てフォローしたらいいのかわからない。

「総指揮官殿の変化に皆が喜んでいるのです。屋敷には早く帰ってくるし、以前よりも明るくなられた。ですからケイト様にはこんな手紙の事など気にせずに、ずっとここにいて欲しいと個人的に願っています」

「……あ、ありがとう」

アデルから言われて、私は嬉しくて照れてしまう。ただ肝心の手紙については再度忠告された。

「やはり総指揮官殿に、ご相談した方がいいと思いますよ」

「そうね、明日にでも相談してみるわ」

機会をみて総指揮官殿に相談しようと心に決め、手紙を引き出しにしまった。

しかし翌日、また一枚の手紙が届いた。

差出人のない封筒をアデルから心配そうに渡された途端、ため息が出た。

書かれている内容はだいたいは想像つくけれど、やはり気分のいいものでもない。

重い気分で封を開ける。

『総指揮官殿は私のものよ！』

はっきりと書かれてきた宣戦布告に、どうしたものかと頭を悩ます。

やっぱり私の存在を迷惑に思っている人がいるんだ……。その事実に打ちのめされる。

総指揮官殿に相談しようにも、こうはっきりと彼の名前が出てきては、逆に相談しにくい。

私が総指揮官殿のもとを離れるまで、この手紙攻撃は続くのではなかろうか。

それは勘弁して欲しい。せめて差出人さえわかれば――

私は暗い気分のまま、夜を迎えた。

二人でとる夕食時も上《うわ》の空。手紙のことを、どうやって切り出していいのかわからない。

こうなってしまうなら、早い段階で相談した方が良かったのかも……アデルの忠告を聞いておけばよかった。

でもうじうじ考えていても仕方ない。明日、昼に食堂に来た時に相談しよう。

そう思いながら、なんとか夕食を食べ終えた。


食堂の昼間は大忙しだ。席が空いたと思ったら、すぐ次のお客さんが入ってくる。

そういう時は、おかみさんも接客に回り、おじさんが一人で厨房《ちゅうぼう》を切り盛りするのですごいと思う。動き回っていると、時間が過ぎるのを早く感じる。余計な事を考えずに、仕事に没頭できる時間だ。

お昼を過ぎると、まるで先程の慌ただしさが嘘みたいに暇になる。やはり、昼限定のメニューは安いのにお腹いっぱいに食べることが出来るから、客が集中するのだろう。

私は短い休憩をとることにした。遅めの昼食を食べている時に、ふと思い出す。

問題の手紙は私の胸ポケットの中。そろそろ総指揮官殿も食堂にやって来るはずだ。

そうしたらどうやって総指揮官殿に切り出そうか。

そう考えていた時、食堂のベルが鳴り響いた。お客を迎えるため、入り口に足を向ける。

「いらっしゃいませ。……あら――」

お客は食堂内をきょろきょろと見回し、私の姿を認識すると、頭のてっぺんからつま先まで不躾《ぶしつけ》な視線を送ってくる。

「あなたに会いに来たわ!!」

突然指を差されて驚くが、まずは確認しなくてはいけない。

「いらっしゃいませ、もしかしてお一人ですか？　可愛いお嬢さま」

「ちょっと！　子供扱いするなんて失礼よ！」

そう声を張り上げて小さなレディが怒りだす。でも本当の事なんだけどな。

子供扱いするなと本人は口にするけれど、どう見たって十歳にも満たない子供だろう。

彼女はサラサラの茶色い髪をツインテールにして大きなリボンでまとめた、愛らしい女の子だった。膝丈のスカートは優しい桃色の色あいで、全体に繊細な刺繍《ししゅう》がほどこされている。それは幾重《いくえ》にも重なっていて、ふんわりとボリュームを出している。上品で女の子らしさいっぱいのドレスだ。

くりくりとした大きな瞳は、ぱっちり二重《ふたえ》でまつ毛がすごく長い。

腰に手を当てて、私を睨む姿も可愛らしくて、思わず口にしてしまった。

「可愛い」

「なっ、何が可愛いよ！　そんなんで、誤魔化《ごまか》されないからね!!」

言葉とは裏腹に、顔が赤くなって照れている。やっぱり可愛いわ、この子。

「で、どうしたの？　もしかして迷子かしら？」

「あなた、人の話を聞いていた!?」

見かけよりも、ずいぶん大人びた口をきく子だと思いながら食堂を見回すと、隅にお供の人が控えているのを発見した。まずは一人で来ていない事がわかって安心する。

そして、プリプリ怒り出したこの子の話を聞くために、私は腰を折って目線を合わせた。

すると彼女は不機嫌な顔のまま口を開いた。

「私の名前はアルビラ。今回はわざわざ、あなたに会いに来たのよ！」

「私に？」

「そうよ！　いつになったら総指揮官殿のお屋敷から出て行くの!?」

その瞬間、屋敷に届いていた手紙の存在を思い出す。

あっ！　この子があの手紙の差出人か……！

私に向けられる敵意丸出しの感情と鋭い視線で確信した。

「もしかして、あの手紙……」

ふんっと、鼻で返事をしてアルビラは続ける。

「そうよ！　私が出したのよ！」

なんとまぁ、手紙の差出人自ら私に会いに来たとは。それも相手はこんなに可愛らしい女の子だったなんて、本当に驚いてしまう。

「私は総指揮官殿のことが大好きなの！　だからこうやって、彼のお荷物になっている

あなたに会いに来たのよ！　いつまで総指揮官殿のもとにいるの!?　早く出て行って

よ～～!!」

叫ぶ彼女を見て思う。やっぱり、小さくても生まれながらにして女は女なのね。

「総指揮官殿の事が本当に大好きなのね」

「そうよ。あのクールな感じがとっても好き！　それにいつも一人前の女性扱いをして

くれるの」

「そうだよね、総指揮官殿は優しいもの」

思わず、よしよしと頭を撫でてしまう。するとアルビラは顔を歪《ゆが》め、その大きな瞳に、

みるみる涙をためていく。

「そっ、それなのに……私じゃない他の女性が……」

「うん」

「総指揮官殿のお屋敷に住んでいるって、お父様から聞いて……」

「うん、うん」

「ボン・キュッ・ボンのナイスボディの相手なら、あきらめもついたけど……」

……うん？　ちょっと待て。アルビラちゃんよ。そこで何故スタイルの事を言う？

「胸だって将来は、私の方が大きくなる自信があるのに……!!」

胸の事は言うなー!!

思わず私が叫びそうになるより先に、アルビラが叫んだ。

「だけど、大きくなったら彼と結婚したいのー！　大好きなんだから!!」

わっと、泣き出したアルビラを見て驚き、また頭を撫でて慰める。

こ、この図は、どう見ても私が小さい女の子を泣かしている図じゃないか……？

焦る私と、泣くアルビラ。食堂の中は静まり返り、彼女の泣き声だけが響き渡る。お供の人から、非難の視線を向けられている気がして、いたたまれない。

どうしたものかと困っているところに、カランコロンとベルが鳴り響く。

振り返ると、そこにいたのは兄上殿だった。

「……あ」

唇を引き締め、大人で知的な雰囲気を醸《かも》し出す兄上殿の姿を見つけた瞬間、私は安堵する。

よかった！　なんて良いタイミングで兄上殿は現れてくれたのだろう。

兄上殿はアルビラの姿を見つけると、一瞬『おや』という顔をした。状況をすぐに把握したようだ。兄上殿とアルビラはどうやら知り合いらしい。

きっと兄上殿のことだから、上手にこの場を収めてくれるだろう。そう思っていた。

アルビラが大好きな総指揮官殿と同じ色の、兄上殿の瞳。それに優しさをにじませてアルビラに近づいた兄上殿は、彼女の頭をそっと優しく撫でた。

「いったいどうしたんだい？　アルビラは何故泣いているんだい？」

泣きじゃくってまだ話せないアルビラに代わって、私は簡単に事情を説明した。

「それが、数日前から屋敷に手紙が届けられるようになって……」

「手紙？」

兄上殿は眉間に皺《しわ》を寄せ、怪訝《けげん》そうな声を出す。

私は総指揮官殿に見せようと思ってポケットにしまっておいた手紙を、そっと差し出した。

「これを書いたのは、どうやらアルビラだったみたいです」

「これは……」

兄上殿は手紙を見て、一瞬言葉をなくす。そして――

「なんて上手な字を書くのだ！」

えっ、まずはそこなの？

感心した声を出す兄上殿に、アルビラはパッと顔を上げる。目は赤く腫《は》れているものの、嬉しそうだ。

あれ？　さっきまで泣いていたんじゃないの？

「私がいるのに、総指揮官殿の屋敷に他の女性がいると聞いて、手紙で警告したの！それでも出て行かないから、最終手段で会いに来たのよ！」

その逞《たくま》しさに思わず拍手を送りたくなる。

兄上殿は手紙から視線を逸《そ》らし、ゆっくりとアルビラの顔を見た。目を細めて真剣な顔をしたので、空気が緊張したものに変わる。

「アルビラ。……一つ確認するが、君は私の弟――総指揮官殿が好きなのかい？」

「うん、大好き!!」

「そうか……私もだ!!」

手を取り合って盛り上がり始める二人に、私はどう対処したらいいのかわからない。

ただ、兄上殿に期待するだけ無駄だという事を理解した。兄上殿は総指揮官殿が絡むと、本当に周囲が見えなくなるようだ。

ひとしきり二人で盛り上がった後、兄上殿は手紙を手に持ち、アルビラに語りかける。

「じゃあ、そんな弟を大好きなアルビラに、アドバイスを一つあげようか」

「聞きたいです！」

「こういうやり方は駄目だ」

兄上殿は、アルビラを優しく諭《さと》し始める。その様子を見て、私はホッとした。良かった、何だかんだ言って、ちゃんと言い聞かせてくれるみたい。さっきは頼りにならないとか思ってしまって、ごめんなさい兄上殿。

「特に弟は、真面目で真っ直ぐな気性だから、こういったやり方を嫌うよ」

「……はい」

しゅんとした顔をして落ち込むアルビラ。兄上殿の言うことは、よく聞くらしい。

兄上殿はアルビラの頭をそっと撫でると、優しく微笑んだ。

「だから私は、常日頃から弟に正面から向かっていくように心がけている。しかし、それも最近では拒否されて……では、いったいどうすればいいのだろうか？　どうすれば弟は私の相手をしてくれると思う!?」

兄上殿ってばアドバイスをしているつもりが、いつの間にか立場が逆になって相談しているわ。その姿が必死すぎて、もはや笑えない。

「――エディアルド様、ややこしくなるのでそれぐらいで……。お願いですから」

唖然としていた私の耳に聞こえてきたのは、総指揮官殿の側近であるレスターの懇願する声だった。

彼がいるという事は当然……‼

私は声のした方向を勢いよく振り返る。

そこには渦中《かちゅう》の人、総指揮官殿の姿があった。

良かった、冷静な彼がこの場に現れたなら安心だ。

そう思ったそばから、アルビラが一目散に総指揮官殿に駆け寄り、抱き付いた。

まるで、受け止めてくれるのが当然だといわんばかりの勢いだったけど、アルビラの思惑通り、総指揮官殿は飛び込んできた彼女を軽々と受け止める。

「お願いです。総指揮官殿！　私と結婚してください‼」

大きな声で、公開プロポーズをしたアルビラ。

私は思わず息を呑んで総指揮官殿の顔を見る。何だかこっちが緊張してしまう。あれっ、私ったら、なんでこんなにドキドキしているのだろう。

すると、総指揮官殿が私に視線を投げた。その瞳の美しさに私の方が心を揺さぶられてしまった。プロポーズをされた彼の方は、いつもと変わらず冷静な表情で眉ひとつ動かしていないというのに、私の方の目が泳いでしまうなんてどうしたのだろう。

そんな私の動揺など知らずに、彼は自分にすがるアルビラに、ゆっくりと視線を戻す。

そっと腰を折り、小さなレディと視線を合わせて向き合った。相手の真剣な想いを聞いて、真摯《しんし》な対応をすると決めたのだろう。

総指揮官殿の整った顔に見つめられたアルビラは、頬を赤く染める。

その姿を見て、少し胸がざわついた自分は何故だろう。

「総指揮官殿、今すぐ私と結婚して下さい!!」

もう一度、強く願い出たアルビラに、総指揮官殿は口を開いた。

「――この国の条例一二五条において、婚姻関係は十六歳以上と定められており、違反すると罰せられるので、それは出来ない」

総指揮官殿、小さい子相手に真面目に返事しすぎっ！　思わずアルビラに同情してしまったわ。

「うっ……」

アルビラは総指揮官殿の返事を聞くと、みるみる顔を歪《ゆが》め――

「総指揮官殿のばぁぁかぁぁ！」

ついには大声で泣き出してしまった。

「大丈夫だ！　アルビラ！　私だって身内でなければ、弟と結婚したいぐらい弟が好きだ!!　でも無理だけど！」

兄上殿が自信満々に胸を張りながら言うと、アルビラはますます泣き出す。

兄上殿！　それフォローになってないから!!

泣き出すアルビラと、フォローをしているようで出来ていない兄上殿。

冷静すぎる対応で断った総指揮官殿。そしてオロオロするばかりのレスター。

そんな彼らを見て、私は額に手を当ててため息をついてしまった。

泣いているアルビラの側に近寄って、その顔をのぞき込む。

「おやつの時間よ。まずはパイを食べようか？」

「ば、買収しようったって、そうはいかないんだからっ」

おっ、そんな難しい言葉、よく知ってるなぁ。だけど、それだけ言い返せるんなら大丈夫かな。

「ここのパナットパイはヤデーミルクと相性抜群で美味《おい》しいのよ。まずはこっちに来て」

私は泣いているアルビラの手を取り、食堂の椅子に座らせる。そしてちょうど焼き上がったばかりのパナットパイを一切れと、ヤデーミルクを差し出した。

テーブルの上の焼き立てのパイから香ばしい香りが漂《ただよ》い、店内を満たす。

アルビラの視線はパイに釘付けになっている。

「はい、どうぞ。絶対美味しいから召し上がれ」

「……そこまで言うなら食べてあげる」

そう言うとアルビラは、フォークを持ってパイをサクッと切った。一口食べると笑顔になり、次第に夢中になって食べ始めた。

あっ、口の端にクリームがついているぞ。やっぱり可愛いなぁ。

夢中で食べているアルビラはこのままにしておくことにして、男性陣のもとに行く。

総指揮官殿は、私に視線を向けて言った。

「手紙を受け取っていたと――」

どうやら、兄上殿が総指揮官殿に事情を説明したようだ。

「ええ。差出人はアルビラだったみたいです」

心配しすぎていた今朝までの自分を思い出して笑う。相手がわかれば、そう怖がることもない。それに相手はアルビラだ。子供の悪戯《いたずら》だと思えば可愛いものじゃない？

そう思って総指揮官殿に視線を向けると、意外なことに、いつものポーカーフェイスが少し崩れていた。何か言いたそうだが、いったいどうしたのだろうか。

「次からは何かあったら、すぐに言って欲しい」

「それは……」

相談しようと思っていたんですよ、だから手紙も持ってきていたし！

だけど、結果的に相談する前にこうなっては、今さら言い訳するのも気が引ける。

総指揮官殿はいつもより眉間に少しの皺《しわ》を寄せ、さらに続ける。

「言ってくれなければ、対処できない」

「……あ」

「何かあってからでは遅い」

「ご、ごめんなさい」

怒られているような気持ちになって、思わず口から謝罪の言葉が出た。

そんな私の様子に、総指揮官殿は一瞬片眉を少し上げた後、口を開いた。

「怒っている訳ではない」

「でも……」

「ただ、後悔はしたくないと――」

重苦しい空気になってきた事を、私も総指揮官殿も肌で感じ始めたその時、

「弟よ！　兄であるこの私の事も、少しでもいいから心配しておくれ‼」

と、兄上殿の声が高らかに響き渡る。

その空気を読まない発言に、今は助かったと思ってしまった。

総指揮官殿は、冷静に兄上殿に返答する。

「する必要などない」

「私は弟の事を常日頃から気にかけていて、三日もあけずに顔を見に来ているというのに!!」

「来るな」

「頭の中は、弟の事で年中いっぱい、大忙しなのに!!」

「やめろ」

素っ気ない総指揮官殿に、凝《こ》りもしない兄上殿。

目の前で見る二人の掛け合いが面白くて、思わず笑ってしまった。総指揮官殿に言ったら、心底嫌な顔をしそうだけれど。

それに兄上殿は、実は場を和《なご》ませようと思って発言してくれたんじゃないのかなぁと思っている。

総指揮官殿が少し怒っている様子だったから、私も体が固くなってしまって、空気も重かったし。

だけど、心配……してくれたんだよね、私のこと。

少し怒ったように見えたのは、そのせいだと自惚《うぬぼ》れてもいいのかな……。いやだ、そう思ったら、頬が火照《ほて》ってきた。

そんな私に気付かずに、兄上殿と総指揮官殿の掛け合いは続く。

「ああ、弟よ！　いつからそんな冷たい台詞《せりふ》を吐くようになったのだ！　もう私はお前が謝るまで口をきかないからな。謝るなら今のうちだぞ！　私はもう帰るからな‼」

兄上殿は怒って扉に向かい、大股で歩いて行く。だけど、総指揮官殿はいたって涼しい表情で黙って見送っている。

私は総指揮官殿の隣に行き、そっと服の裾を引っ張った。

視線を向けられると恥ずかしくて、彼の顔を真正面から見ることが出来ない。しかし、これだけは伝えようと思って口を開く。

「ごめんなさい。手紙のことを言うのが遅くなってしまって――」

総指揮官殿が黙ってうなずいたのがわかった。

もうその眉間に皺《しわ》は寄っていなくて、ホッとする。

「最初はただの悪戯《いたずら》だから総指揮官殿に言うほど大したことないかなとか、そんな大騒ぎするほどのことじゃないかなとか思っていたんです。それで、いろいろ考えていたら言いそびれてしまって……」

自分でも支離滅裂な弁解の言葉になり、動揺してしまう。そんな私の頭を、まるで優しく包み込むように総指揮官殿の手が触れた。

「──守るので」

たった一言だったけど、その言葉で何故か全てが安心できた。余計なことは言わなくてもいいという合図なのだろうか、今のって。

「……はい。次からは、すぐに相談します」

そう言うと、彼は口の端を少し上げ、黙ったままうなずいた。

微笑しているかのような顔で、私の頬が一気に熱くなる。

まるで、それでいいと言われているみたいだ。心が落ち着かなくて、ドキドキする。

だけど、それはすごく嬉しくて──

誰かに守られているという心強い言葉と、頭に優しく触れた手が私を安心させる。

私はうつむかせていた顔を上げた。すると視線の先のあることに気が付いて、総指揮官殿に思わず声をかけた。

「あの……兄上殿が……」

少し首をかしげる総指揮官殿だけど、すぐに私の視線の先を追う。

その先にいる兄上殿が、出て行く自分を止めて欲しい素振りで、一歩進むたびにこちらをチラチラ振り返っているではないか。

先程の絶縁宣言を、早くも後悔している様子だ。

だけど、総指揮官殿は兄上殿を華麗にスルーしている。心配なものの、私は二人を見守るしかできない。兄上殿は総指揮官殿の視線に気が付くと、たまらず叫んだ。

「弟よぉぉ！　やっぱり絶縁宣言は撤回するぅぅぅ!!」

「——いや、続けろ」

総指揮官殿は、足早に自分のもとに戻ってきた兄上殿を一蹴《いっしゅう》した。

そして、いつの間にかパイを食べ終わっていたアルビラが、私に向かって歩いてきた。

「あら、ごちそうさま？　美味《おい》しかったでしょ？」

「……もう帰る」

アルビラはお腹がいっぱいになったし泣いた疲れもあってか、眠そうに眼をこすっている。

お供の人達に連れられて帰るアルビラを、私は手を振って見送る。

数歩進んだところで、アルビラは思い出したように振り返って叫んだ。

「私達、ライバルだからね!!　けど……おっ、お友達になってあげてもいいわよっ！」

「はいはい。だけど、もう変な手紙はいらないからね」

頬を赤く染めながらもそう叫びながら帰って行ったアルビラを見て、私は思わず笑顔になった。

そして翌日。

アデルが、また私宛てに一通の手紙が届いていると告げた。

え？　まさか!?　また!?

思わず身構えた私だったけど、アデルは笑顔で手渡す。

「アルビラ様からですわ」

良かった、今度は差出人の名前がある。当たり前のことだけど、ホッとした。

受け取った手紙を開けると、薄い桃色の便箋《びんせん》に愛らしい丸文字が並んでいた。

『今まで変な手紙を出してごめんなさい。お父様にも怒られて、お尻を叩かれて赤くなったわ。これからは、正々堂々と「ふぇあ」でいきなさいって。私もあきらめないからね！　……パナットパイ、また食べに行ってもいい？』

私の脳裏《のうり》に、強気でおませな可愛いアルビラの姿が浮かぶ。

そうして笑顔になった私は、新しいお友達に初めてお返事を書いたのだった。

もちろん『またいつでもパイを食べに来てね！』と。

6　それぞれの読書の夜

朝、まぶたが重い。起き上がろうにも体がなかなか思い通りにならなくて、ベッドから起き上がれない。

カーテンの引かれた窓から朝日が入りこみ、部屋全体を明るくする。その光が眩《まぶ》しすぎて、私はシーツを引っ張り上げて頭まで被った。そんな私の脳裏《のうり》にある考えが浮かぶ。

——ちょっとぐらい朝寝坊してもいいんじゃない？

だって、今日は休日だもの。お休みの時ぐらい、少しの朝寝坊は許される……はずよね？

けど、きっと総指揮官殿はいつものように顔を合わせて朝食を食べるため、長いダイニングテーブルの端に座って私が来るのを待っているはず。総指揮官殿って、平日も休日も同じ時間に起きるんですもの。

寝坊した姿とか見たことがないわ。いつも私より先に起きて、椅子に座って紅茶を飲んでいる。

私は寝起きがあまりいい方じゃないので、毎回いつもぎりぎりに起きてしまう。着替えてから顔を洗ったり、髪をとかしたり、時にはボーッとしていると、あっという間に時間が過ぎるのだ。

少し遅れて私が席に着くと、まるでそれが合図かのように朝食が運ばれてくる。

それから始まる二人の朝食の時間。

だけど休日ぐらい、だらだら過ごしてみたい！　たまには早起きなんてしたくなーい！

……なんて、品行方正な総指揮官殿にちょっと反抗してみたりする。

起こそうとするアデルの声にも聞こえない振りをして、私はベッドに体を沈めた。

頭の中では、天使と悪魔の戦いが始まる。

『ちょっとぐらい寝坊しても大丈夫さ。今日は休日だもの』

『ダメよ、ダメダメ！　総指揮官殿が待っているわ』

しかし、総指揮官殿を待たせてしまうのはやはり申し訳ないので、思いきってアデルに言う。

「夜は遅くまで本を読んでいたので、まだ眠っていたくて……だから、総指揮官殿に先に朝食を食べていただくよう伝えて欲しいな」

――私の心の中の悪魔があっさり勝ちました。

アデルは苦笑しながらも、了承してくれた。

「お部屋の明かりが、ずっとついていましたものね」

だってお休みの前日だもの。翌朝の心配なんてせずに夜更かししたいよ。それに今、とっても夢中になっている恋愛小説があるのだ。どうしても途中でやめられなかった。

「では、総指揮官殿に、そうお伝えします」

「……ありがとう」

我ながら、自分で伝えずにアデルに言わせるあたりがズルイと思う。けど、今はこのベッドから出る気はない。

今日は一日ダラダラして過ごすと心に決め、二度寝した。最高だ！　お休みばんざい！

＊　＊　＊

「――との事です」

先に食卓につき、彼女が降りてくるのを待っていると、アデルが彼女の様子を伝えてきた。

どうやら昨夜は就寝時刻が遅かったようだ。

一日の始まりに顔が見られなくて残念な気持ちもあるが、休日なのに早起きを強要するのも酷だと考え、先に朝食をとることにした。

だが、一人でとる朝食は何だか味気なく思える。いつもより軽めに済ませて、側で給仕をしているアデルに尋ねてみる。彼女が今朝起きられない理由は何か？　と。夜更かしもたまにならいいとは思うのだが、これがもし毎日だったとしたら体調を崩してしまう。

特に食堂で働いている彼女が、勤務中に倒れることがあったら——想像するだけで、心配でたまらない。自分の質問に、アデルは紅茶を淹《い》れる手を止めて答えた。

「それが本に夢中だったようです」

勉強家なのはいいことだ。知識は力にもなる。この屋敷にも図書室があるので好きに使っていいと告げておこう。

それと、自分も何冊か彼女に薦《すす》めようと思った。

＊　＊　＊

「これはなに？」

ぐだぐだ過ごしていた昼下がり、アデルが大層重たそうな物をカートに載せて部屋にやってきた。

不思議に思って質問する私に、アデルは答える。

「これは、総指揮官殿からの贈り物です」

「贈り物？」

「昨夜、本を読まれていたと知った総指揮官殿が、『ぜひ読んで欲しい』と自らお選びになった本をお持ちしました」

カートに積まれた物の正体は、なんと本でした。——そうきたか。

分厚い本の表紙を見るのが怖い。それでも、恐る恐る手にとって確認する。

『地形で見る戦略と攻略』

『国における騎士団の在り方と使命』

『【愛蔵版】英雄の生き方——クロアドリアナ・デアロンダ・ティーアロード＝アウパンデスラード・オーディアルドアラクダルの全て』

………………

目が点になったのち、私は心を落ち着かせるため、目を閉じて天をあおぐ。

数秒後、意を決して再びカートに目を向けた。

……見間違いじゃない。

目の錯覚を期待したけれど、やっぱり私の目は正常らしい。

しかもこれ、愛蔵版だよ。どれだけ好きなの？　あの長い名前の英雄を。

そして、これを私にどうしろと……暗に『早く寝ろ』と言っているのかな？　だってちょっと読むだけで安眠しちゃうような内容だよ!?

それとも、枕代わりにしろとでもいうの？　この厚さ。いや、枕にしても高すぎる。肩が凝《こ》りそうだわ。低い枕が好きなのよー！

どうすればいいのかしら。しかも自信をもってのお薦《すす》めだなんて、目まいがしてきた。

読まないで読んだ振りをするのも心苦しいし、何より感想を求められたら困る。

と、いうことは、私はこれからこの本を読むのが使命なのですね、総指揮官殿……！

私は読む前から力尽きて、そのままベッドに倒れ込んだ。

その日の夕食時、総指揮官殿と顔を合わせると、まずは本のお礼を口にする。

彼は私のためを思って本を選んでくれたのだから、その気持ちには素直に感謝をしないとね。

……い、嫌がらせじゃないですよ、ね？

お礼を言うと、総指揮官殿はいつものように表情を変えずに、うなずいた。

そこで私は夜更かしした原因の本について、話題を振ることを思いついた。

そうよ！　ここで私が夢中になっている本について語り、どんなジャンルが好きかを知ってもらおう！

そして、総指揮官殿が薦《すす》めてくれた本は、私の好みとは違……じゃなくて、理解できな……いや、私には難しすぎると、わかってもらおう！

「あの、私最近、本に夢中なのですが……」

私はナイフでメイン料理のお肉を切りながら切り出す。

「読んでいるジャンルは、恋愛なんです。それもじれじれ展開の！」

総指揮官殿は黙って聞いている。

一方、話し始めた私は、だんだん火がついて止まらなくなってきた。

「異世界からいきなり違う世界に迷い込んだ主人公が、ある騎士にお世話になるのですが」

「…………」

「その無口な騎士に好意を持たれたものの、その気持ちに気付いていない主人公と騎士との、じれじれですれ違っている様子がドキドキして面白くって、はまってしまいました」

興奮しながらも続ける私。総指揮官殿は無表情だけど、私の熱く語る様子に、心の中では引いているのかもしれない。けど、好きな事を語り、熱くなった私はもう止まらない。

「もう読んでいるこっちの胸がキュンキュンしてしまいます！」

なんて、素敵なお話なのだろう！　と、思わず「はぁ」と桃色のため息が出てしまうくらいなのだ。

結局こうやって夜更かしの原因を熱く語る私の話を、総指揮官殿は最後まで眉ひとつ動かさず黙って聞いてくれた。

存分に熱く語った後、部屋に戻った私にアデルが口を開いた。

「その小説、まるでご自分のことみたいじゃないですか」

「え？　何のこと？」

アデルはため息をつくと、さらに続けた。

「本の内容より、ご自分の置かれた状況の方が胸がときめくじゃないですか……」

「どこが？」

「――いえ、こっちの話です」

よくわからないけど、アデルは独り言が多いらしい。

＊　＊　＊

夕食後、彼女が自分に一冊の本を差し出してきた。

先程まで熱く語っていたせいか、瞳は潤《うる》んで頬はうっすらと赤く染まっている。

「この本、お薦《すす》めですから読んでみて下さい！　私もこれから総指揮官殿のお薦めの本を読みます。後でお互い感想を言い合いましょうね！」

彼女から本を受け取る。わずかに触れた彼女の手は温かかった。

笑顔で自室に戻る彼女を見送ると、一冊の本が手の中に残った。この本こそ、昨夜彼女が夜更かしをしてまで完読した本か。そんなに大切な本を自分に貸してくれたのだ。あまり長い間借りては彼女に悪い。

早く読み終えて彼女へ返そう。今夜は長い夜になりそうだと感じた。

お互いが推薦する本を読み、感想を話し合い、意見の交換をする。そうすることで自然とお互いの好みを把握出来るだろう。そうなれば次回はもっと彼女の好みに合う本を選べるに違いない。今回は一方的に自分の好みの本を押しつける形になったが、あの本を読めば、この国の歴史や騎士団の事も自然と学べるので、ぜひ繰り返し読んでおいたほうがいいと思っている。

彼女のためになることを願いながら、自分も書斎に入った。

彼女が手渡してくれた本の表紙をしばらく眺め、眉をひそめる。そこには、寄り添い合う騎士と女性の姿が描かれていた。――十頭身以上の。

まず、人というのは構造上、十頭身は難しい。

それなのに表紙に描かれている人物は、十頭身を通り越して、十二頭身ほどになっている。

これは、人間の構造的にはあり得ないことなのだ。

次に、男性。騎士という立場でありながら、細くて長い腕や足が気になった。きちんと訓練をし、鍛えているのだろうか。いざという時、騎士の務めを果たす事が出来るのだろうか。

それに、瞳が大きすぎる。まるで、顔からこぼれ落ちんばかりの大きさだ。

以上の点を踏まえると、どうやら我々人間とは別種類の生物のようだ。

それに何故、背中に大輪の花を担《かつ》いでいるのだろう。

騎士ではなく、花屋の間違いではないのかと、不思議に思いながらページをめくる。

『彼女の手を離せ！』

『へっへっへ。離してほしけりゃ、力ずくでかかってきな！　野郎ども！　かかれ!!』

『やめて!!』

騎士は彼女を救うため、たった一人で十人の男達に立ち向かって行く。

『怪我はないか？』

『あっ、あなたこそ、大丈夫なの？』

『あぁ、俺は心配ない』

『きゃっ！　血が……！　腕から血が出ているわ』

『こんなの怪我のうちに入らない。舐めておけば治る』

読んでいると、次から次へと疑問点が出てきて、その度に読み進める手が止まる。

解《げ》せない………

何度読み返しても自分には理解できず、どんどん眉間に皺《しわ》が寄る。

十人も相手がいたのに、騎士は軽傷で彼女を助け出したらしい。しかも相手は武器を持ち、集団でかかってきたにもかかわらず、騎士は素手で倒したという。その超人的な能力の高さについても疑問に思う。

それに怪我を甘く見ていると、後で痛い目に遭うので過信は禁物だ。

ましてや舐めて治療するなど……舐めることによって傷口が開き、口の中の菌により化膿《かのう》する恐れもあるというのに、まるで動物だ。

理解できぬまま、さらにページをめくる。

『こんな傷よりも――』

『傷より？』

『君が心に背負った傷の方が心配でたまらない』

…………

騎士の台詞《せりふ》は、自分には到底口にすることなど出来ないと思う。いや、思いつきだってしないだろう。しかし、彼女はこの本を読み、『胸がキュンキュンしてしまいます！』と感想を述べていた。

すなわち、このような男性が彼女の理想だということなのだろうか。

超人的な強さで彼女を守ることができ、胸がキュンキュンする台詞が吐ける男で動物的。

キュンキュン……。そもそも『キュンキュン』とはどのような状態なのだろうか。もしや胸の病《やまい》の兆候ではないのだろうか。

繰り返し読んでも、キュンキュンする箇所が見当たらないので理解に苦しむ。

こうして悩ましい夜が更《ふ》けていった――

＊　＊　＊

総指揮官殿に本を手渡して自室に戻った私は、ベッドに入る前に頭を悩ます。

まずは最初に……う～ん、そうね……これにするわ。

私は目をつぶって、手探りで一番最初に触れた本にした。なんて適当な選び方。

『【愛蔵版】英雄の生き方――クロアドリアナ・デアロンダ・ティーアロード＝アウパンデスラード・オーディアルドアラクダルの全て』

血にまみれた英雄キタ～!!

しかし、選んでしまったからには仕方ない。

本を片手……だと重くて無理なので両手で持ち、ベッドでうつぶせになってページをめくる。

『今からさかのぼること三百年前。我が国を救った英雄クロアドリアナの生き方を記《しる》す。クロアドリアナは貧しい農民の出であり、幼い頃にアデレイウスの争いで両親を失った。その時、彼はこの長年にわたる争いに終止符を打つべきだと心に強く誓ったと後に語っている。そもそも隣国諸国との争いの火種は、各国の貿易の拠点となる場をゴルデからガルバデールに一方的に移した事により、民衆の――』

こっ……このままじゃ、一ページ読むのに、何十分かかるかわからないわ。

辞書を片手に、頭が痛くなってきた。

そして――部屋の明かりが眩《まぶ》しくて、私はハッと目を覚ました。時間を確認するとなんともう深夜になっている。

気が付いたら寝てしまっていたぁぁ。しかも本にヨダレ付きぃぃ！　愛蔵版なのにぃぃぃ。きゃあぁー！　総指揮官殿に怒られるぅぅ!!

その後、私は朝まで辞書を片手に頑張った。もちろんまだ半分も読めてない。朝日が眩《まぶ》しすぎる……。

朝食の時間。

私は眠い目をこすりながら、食堂のテーブルについた。

総指揮官殿は、いつものように紅茶を先に召し上がっていた。心なしか、どこか疲れが取れきっていない表情をしている気がする。それを見て、私は瞬時に事情を察した。

「もしかして、もう一冊読まれました？」

総指揮官殿は、黙ってうなずいた。

やっぱり！　私の勘は当たった！　あの本は読み始めたら止まらないものね！　これで私の夜更かしをした理由もわかってくれたはず。

「そうですか！　では、続きもありますので、お貸ししますね！」

ふっふっふ。あの本はシリーズものなの。まだまだ続きがあるのよ。これで今夜もまた、ドキドキして眠れない夜になるに違いない。

しかし、総指揮官殿が気に入ってくれたなんて……すごく驚いたけれど、やっぱり嬉しかったりする。男女の恋愛物なんて読まないかな？　と心配しつつも無理矢理渡した本だったから余計にだ。

まあ、あの本自体、文章も難しくないし、ライトな内容だからさくさく読めるしね。

目の前に座る総指揮官殿の顔を見て、少し照れながらも次の本を貸す事を約束する。

総指揮官殿は一瞬動きを止め、そして黙ったままうなずいた。

ルンルン気分で部屋に戻る途中、廊下で後ろから追いかけてきたアデルに呼び止められた。

「本の件ですが、総指揮官殿が寝不足になるので、控えたほうが……」

「わかる！　続きが気になって、つい読んじゃうのよね」

「いえ、そうではなくて――」

「ドキドキするもの！」

「………そうですね」

「でしょー!!」

アデルは何故か浮かない顔をして、額を押さえている。

「自分なりにうまく分析しようと必死だと思いますわ……」

「何のこと？」

「いえ……」

そう言えば、忘れていたけど、私だって総指揮官殿の本を読まなければいけないというノルマがあるのだ。

「ああ、読みたくないな……」

思わず本音を漏らしながら、私は部屋に入った。けど、頑張って読まなくちゃ。そうして今夜も夜更かしをするのだ。

総指揮官殿と共に読書の夜だわ。

7　総指揮官殿のお見合い

「忙しいのにすまないが、重要な話があったのでな」

自分が午前の早い時間に部下達と稽古《けいこ》に励《はげ》んでいると、急遽《きゅうきょ》呼び出しを受けたので、ある人物を訪ねた。

その人物は部屋に入った自分の姿を確認すると、読んでいた書類を机の上に置いた。黒髪に白髪《しらが》が混じってはいるものの、その姿は未だ雄々《おお》しく、動作の一つ一つに無駄がない。

自分が騎士団に入隊した当時に総指揮官と呼ばれていた人物であり、自分の恩師でもある。彼は、若かった自分に何かと目をかけてくれた。剣ダコの出来た広い大きなあの手に自分は何度指導を受けたことか。若き頃はその指導の厳しさ故《ゆえ》に、心底恨んだこともあったが、その指導がなければ今の自分はいなかったと、大人になった今では感謝している。

年齢より若く見えるその姿だが、あの頃より目尻に皺《しわ》が増えた。

広く大きい背中と感じた姿は、いつしか自分と同じぐらいの背丈になった。しかし歳を取ってもなお毅然《きぜん》とした姿には尊敬している。

「――手短にいこう。ベルーザ家を知っているだろう」

唐突に向けられた本題。

ベルーザ家とは内政に携《たずさ》わる知識人を多く輩出《はいしゅつ》している、由緒《ゆいしょ》正しい家柄の一つだ。

もちろん知っているので自分はうなずく。

「ベルーザ家の娘が年頃なのだが、誰か結婚相手としてちょうどいい人物がいないものか探しているのだよ。そこで、だ」

恩師はわざとらしく咳払いを一つすると、机の上で腕を組み、見定めるかのような視線を投げる。

「あー、いくつになった？　十八歳？　二十歳か？　……なんと！　もう二十三歳か！　月日が経つのは早いものよ。あんなに小さかったお前がこのように立派になって、いつの間にか騎士たちの総指揮官という立場になるなんて――私の自慢だよ。お前の両親も草葉の陰から歓喜の涙を流しているだろう」

「……両親は健在ですが」

「その両親を早く安心させたいだろう？　今のお前に足りないものはわかるか？　ん？」

内心、またかと思いながら恩師の芝居がかった動作を、うんざりした顔で見つめる。

動作に無駄はないのに、思いつく思考には無駄が多いと感じる。

恩師は名案を思いついたとばかりに、わざとらしく大げさに手を打った。

「そう、正解だ。伴侶《はんりょ》だ。お前に足りないのは花嫁なのだ。わかっているだろう？」

――自分は何も言っていない。

「そこでだ。ベルーザ家の娘と一度会ってみないか？」

会う？　会ってどうするというのだろうか。

「ベルーザ家の娘は二十歳。ちょうどお前と年齢が近い。気だてのいい、芯の強いしっかりしたお嬢さんだと聞く。それにベルーザ家とランバートン家では家柄もつりあうし、良縁ではないか」

恩師は、自分とベルーザ家の娘を引き合わせ、世間一般でいうお見合いという形に持っていきたいのか。だが時間の無駄だと思う。第一、自分にその気がないのにこの話を受けては相手にも失礼になる。

無言のまま断りの返事を考えていると、

「それとも、誰か他に決めた人でもいるのか?」

と、急に質問された。

決めた人——

自分の胸に即座に浮かび上がった一人の女性。

「じゃあ、会うだけでいい。私の顔を立てると思って一度だけでも会ってくれないか」

食い下がってくる恩師を見ていたら、自然に眉間に皺《しわ》が寄ってきたのが自分でもわかる。

何故自分が選ばれたのだろうか。ベルーザ家といえば格式高い家柄。縁談を望む男性ならたくさんいるだろう。

恩師はなおも必死に頼み込んできたが、丁寧に、だがはっきりと断った。

「まったく……」

恩師は呆れたようにため息をつくと、意地の悪い視線を向けてくる。

「そんな態度だから陰で噂されるのだぞ。実は部下のレスターと恋仲だと」

脳裏《のうり》に部下であるレスターの、尻尾を振った子犬と同じ目が一瞬浮かぶ。確かにレスターとは信頼関係を築いているとは思うが、彼からそのような気持ちで見られた事はないと、自信を持って断言できる。またその逆も然《しか》り、だ。

くだらない。実にくだらない。いつも恩師はこの手の話を好むので無駄に労力を使う。現役を退《しりぞ》き、時間を持て余して退屈なのだろうが、勘弁して欲しい。

面倒なのは兄一人で十分だ。

「その噂を信じるのなら、信じてもらって結構です」

すると恩師は興味津々といった様子で瞳を輝かせる。

「では本当か？」

「――本当に見えますか？」

自分の口調は一定に、しかし目つきは自然と鋭くなっていたであろう。やがて恩師は、お手上げとばかりに視線を逸《そ》らして肩をすくめた。

＊＊＊

お昼を過ぎて、そろそろ休憩時間になる頃、食堂に来客を告げるベルが鳴り響いた。

「いらっしゃいませ」

あら。扉が開いた先にいたのは先日お友達になった小さなレディ。

可憐《かれん》で清楚《せいそ》なレースを使った白いドレスに身を包み、首のコサージュとお揃いのお花の飾りを頭につけている。なんとも可愛らしい姿だ。

「アルビラちゃん」

「ちゃんづけなんてやめて！　子供じゃないわ！」

八歳はどう考えても子供でしょ。その格好も八歳だから似合うのよ。仮に私がその格好をしたら、それどんなコスプレ状態ってやつよ。

身長差のせいで下から指を突きつけられる格好になっているけど、微笑ましくてつい笑ってしまった。

「元気そうね、アルビラ」

「元気よっ！　あなたも相変わらずね、ケイト」

そこで何故私の胸を見て言うの？　身長差のせいなのよね、それは。

しかも鼻で笑うような、勝ち誇ったみたいな態度は何？　ちょっとお姉さんに教えてくれる……？

と、暗い気持ちになりかけたけれど、気を取り直してアルビラに話しかける。

「では、本日のお薦《すす》めの一品、カリムパイとヤデーミルクにチョコを溶かした飲み物はいかが？」

「いるっ!!」

甘い物の話をすると、年相応に瞳を輝かせて手を挙げて即答した。いつもは背伸びして大人びているけど、こんなに素直な一面もあるのね。歳の離れた妹がいたらこんな感じなのかも。

私は彼女の生意気な一面も可愛らしく思いながら、パイとミルクの準備を始めた。

「だからね、私は毎晩ヤデーミルクを飲んでいるの。もちろん栄養をいっぱいとって女性らしい体つきになるためにね。そしてお父様が教えてくれた秘密の呪文を唱えるの。『目指せ・ボン・キュッ・ボン』。――そうすると、自然に眠たくなるのよ」

……アルビラのお父様は大丈夫なのだろうか。教育方針が間違っている気がするのですが……

「あと、二日に一回は髪の毛にハニーメリーを塗っているの！　今話題のトリートメントよ」

「だから、髪の毛がさらさらなのね。それにとっても良い匂い」

「たまにつけすぎてベタベタするけどね。それもこれも自分に磨《みが》きをかけるため！　ケイトも手を抜いちゃダメよ」

八歳児にダメ出し食らう私ってどうなのよ。

しかし、言っていることに間違いはない。私もアルビラの女子力を見習わなければいけないかな。

アルビラは、今が旬《しゅん》のカリムの実をジャムにしてはさんだ甘いパイをパクっと口に入れた。あ、白いドレスにポロポロこぼしているぞ。

「このカリムパイ、甘酸っぱくて美味《おい》しい」

「くせになる甘さだよね。あ、そうそうカリムクッキーもあるので味見をどうぞ」

私がそう言うと、アルビラはドレスが少し汚れてしまったことも気にせず、わくわくした瞳を向けている。この年頃の子に、白い服を着させるのって危険よね。食べこぼしや外遊びの汚れが目立っちゃうんだもの。

椅子に座って足をばたつかせ、お菓子の用意を待っているアルビラは本当に可愛いと思う。それを微笑ましく見ていると、アルビラと目が合った。

するとアルビラは何かを思い出したらしく、弾かれたように椅子から立ちあがる。

「そうだっ!!　今日は総指揮官殿にどうしてもお会いしたくてやって来たの。呑気《のんき》にお菓子を食べている場合じゃないのよー!」

本来の目的を忘れ夢中になってお菓子にかじりついていた事を嘆《なげ》くアルビラを、『まあまあ、ゆっくりしていけばいいよ』となだめる。

「ケイトが甘い物で私をつるからよ!」

何故か私が怒られた。腑《ふ》に落ちないんですけど。

「今日はお昼にいらっしゃらなかったから、明日になるかも」

「そんな明日なんてお気楽な事言ってられないわ!!　だからここに来たのにー!」

涙ぐんで騒ぎ始めるアルビラを落ち着かせようと、とりあえずカリムクッキーを手渡す。すると、アルビラの涙が少しだけ引っ込んだ。あ、カリムクッキーでつられるんだ。

「そうだ!　ライバルと認めたから教えてあげるわ。内緒にしておくのも『ふぇあ』じゃないものね!　お父様がそう言っていたし」

つくづく思う。アルビラのお父様って大丈夫なのかしら。娘に何を教えているのだろう。

よその家庭の心配をしていると、思いもよらなかった言葉が私の耳に飛び込んできた。

「総指揮官殿ってば、お見合いをされるって聞いたわ！」

「え……」

「このわたしがいるのにー！　しかも相手はベルーザ家ですって！」

夕方、食堂から戻ってきて自室に籠もると、その身をベッドに投げ出した。そして見慣れた天井を見つめながらぼんやり考える。

お見合いってあのお見合いだよね……。男女の結婚を前提としたお付き合いの顔合わせ。どう考えてもそれ以外考えられない。

アルビラの話では、総指揮官殿がベルーザ家という由緒《ゆいしょ》正しい家柄のお嬢様とお見合いするらしい。対する総指揮官殿もランバートン家という名家だから、お互いつりあいの取れる相手なのだという。

総指揮官殿が名家の出身だと改めて思い知らされた。総指揮官殿の動作は洗練されているし、どこか品がある。それにこのお屋敷の大きさはどう考えてもお金持ちじゃないと無理だよね。

そういえば私、総指揮官殿のこと、あまり知らなかった。

……私はここにいていいの？

一度は総指揮官殿からの自立を試みたけど、今はこの屋敷に戻って来ている。すっかり、この居心地の良さに慣れてしまった。

しかし、やはり総指揮官殿は年頃の男性。いつかお嫁さんを迎えるだろう。

私はいつまでお世話になっているの？

それこそ追い出される前に、出て行った方がいいのだろうか。でも――

『出て行ってくれないか』

そう口にされたら、と想像するだけで辛い。

ただ、総指揮官殿はそんなこと思っていたとしても、決して言わない人だと思う。

だったら私から言い出した方が良いのかしら――

お見合い相手の立場からすれば、お見合いする男性の家に血縁でもない女がいるっていうのは良く思わないよね。これは総指揮官殿にとってマイナスにしかならない。

いくら『庭に迷い込んでいた娘を保護しただけだ』と言ったとしても、面倒見が良すぎるでしょう！　二、三日ならまだしも、何カ月経っていると思っているの。

私も食堂で働いているし、いつまでも優しさに甘えてはいけない。総指揮官殿の将来を邪魔しちゃいけないよね。

けど、私はここが――

部屋の天井を見つめていると、頭の中でいろんな感情がごちゃ混ぜになって収拾がつかなくなってきた。

そんな時、扉がノックされ、アデルに夕食の準備が出来た事を告げられる。

食欲は湧かないけれど、それを言ったらきっとみんな心配するかもしれない。

私はため息をつくと同時に、重い体をベッドから起こして階下へと向かった。


広間に入ると、いつも通り総指揮官殿は先に座って待っていた。

「今日は何故——」

日頃、用事のある時にしかしゃべらない総指揮官殿が、私の姿を見た瞬間口を開いた。

その先の言葉はわかっている。

私はつとめていつもと同じ調子で返事をする。

「今日は急ぎの用事を思い出したので、先に屋敷に帰って来ました」

大丈夫、大丈夫。部屋で練習した通りに上手く答える事が出来たはず。

実は今日、総指揮官殿の迎えを待たずに一人で帰ったのだ。

昼間、食堂でアルビラからお見合いの話を聞いてから、私は心ここにあらずといった感じで働いていた。

私の様子がおかしいことに気付いたアルビラが、心配するように下から顔をのぞき込んでいた。

そして、『ケイトどうしたの？』『だいじょうぶ？　どこか痛い？』『このカリムクッキーいる？』と口早に聞かれた瞬間、我に返った。

私ってば、八歳のアルビラに気を遣わせるなんてどうかしている。

恥ずかしさをこらえながら、無理矢理明るく振る舞ってアルビラを見送った。

その後も仕事中なのにボーっとしていたら、おかみさんに『熱でもあるのかい？』と心配されたが、笑って何でもないと伝えた。

そして仕事終わりの時間。

いつもは総指揮官殿の迎えを待つのだが、今日はおかみさんに先に帰るという言付けを頼み、屋敷に一人で帰ってきた。嘘までついて心苦しいけど、無性に一人になりたい気分だったのだ。

総指揮官殿は私の返答に、それ以上深くは追及してこない。ただ何かを探るような視線を一瞬投げただけだった。

私はその視線に気付かない振りをして、目の前の野菜スープを口に運ぶ。いつもは美《お》味《い》しいはずのスープも、食欲がないせいか味がわからなかった。

「体の調子が――」

どこか悪いのかと声をかけられた事に気付き、私は顔を上げる。

無表情ながらも、私を心配してくれる総指揮官殿の顔を見つめた。

そうだ、ここで聞いてしまえばいい。

総指揮官殿はお見合いをするのですか？

そして――

私はここを出て行った方がいいですか？

けれど、聞きたいことはどれも口から出ることはなく、代わりに口から出たのは愛想笑いと一つの言葉。

「ちょっと疲れてしまって……」

誤魔化《ごまか》すように笑って告げた。でも本当に疲れたのは嘘じゃないし。

――だけど違う。

怖かったのだ、その答えを聞くのが――

そんな臆病な自分を自嘲気味に笑うと、私は食事もそこそこに自室へと引きあげた。

＊　＊　＊

昨夜の彼女の様子に違和感を感じた。

明らかに何かに悩んでいる様子で、深刻な顔つきをしていた。

その日の夕刻、いつものように食堂へ足を向けると、彼女が一足先に屋敷に帰った旨《むね》を聞かされた。

初めての出来事に、内心すごく動揺した。用事があったらしいと言われたが、今朝は一言もそんな事を言ってなどいなかった。

しかし、おかみを問い詰めても仕方ないと思い、はやる気持ちで一人帰路につく。

屋敷について開口一番に彼女の様子を聞くと、自室に籠もっているとのこと。

まずは無事に屋敷に帰ってきていた事に安堵した。そして、顔を見に彼女の部屋を訪ねていいものか悩む。

一日彼女の顔を見られればそれでいいのだが、何故か勇気が出なくてそのまま夕食の時間を待った。

やがて広間に来た彼女の姿を見て、かすかに緊張しながらも先に帰った訳を尋ねると、用事があったと言う。

しかし、人は嘘をつくときは、目が泳いだりするもの。

彼女の笑顔は引きつっており、何よりも目が笑っていない。

そのまま彼女の様子を観察するが、自分に話し掛けられると笑うものの、それ以外はうつむいている。しかも引きつった笑顔だ。

何がそんなに彼女を悩ませるのだろう。

聞いてみたいが、どうしても聞く事が出来ない。自分は意気地がない男だと思った。

昨晩の自分の度胸のなさを思い出し、まるでそれを振り払うかのように稽古《けいこ》に励《はげ》む。

こうして流れる汗を爽快《そうかい》に感じ、剣を振っている間だけは悩みを忘れる事が出来るので、つい部下達への指導にも熱が入る。やがて部下が自力で立ち上がる事が出来なくなり、仰向《あおむ》けで床に寝そべる姿を見て我に返る。

やりすぎたと思い、部下達には自主的に稽古《けいこ》を続けさせ、自分は部屋に戻って一息つくことにした。

剣を振るっている間はともかく、剣を放した途端にこれだ――

自分の頭の中にあるのは、やはり彼女の事。どんなに汗を流して気分が晴れたとしても、それは一時的なことで、一人になれば考え込んでしまう。自分はなんと弱い人間なのか。

その時、急に部屋の扉がノックされ、考え事を中断させられた。面倒だと思うが無視する訳にもいかず、軽く返事をする。

開いた扉の先にいたのは、先日お見合い話を持ってきた恩師だった。

よりによって恩師とは……。今一番面倒に思う相手だ。それに恩師の相手をしている余裕はない。重大な事に頭を悩ませているというのに、恩師は勝手知ったる我が部屋とばかりに、居座る気満々でソファに腰かけた。

それから長々と話をしている恩師の話に適当に相づちを打ち、やり過ごす。

今日は少し早めに迎えに行けばいいのだろうか？

いや、ここのところ忙しくて、昼食時に食堂に顔を出せない日が続いていたが、今日は行くべきか？

「……をどうだ。受けてみないか？」

「――ええ」

「そうか！　いやー良かった！　ようやく了解してくれたか!!」

「――？」

突然の恩師の喜びに満ちあふれた声に、何事かと我に返り視線を向ける。

「では、ベルーザ家と日時の都合をつけるからな！　善は急げで早いほうがいいだろう」

「……ベルーザ家の件はお断りしたはずですが」

「今、『ベルーザ家との縁談をどうだ。受けてみないか？』と言ったら『ええ』と返事をしたではないか。聞き逃さなかったぞ」

「……」

内心、やられたと思った。

恩師は部屋に入ってすぐに自分が心ここにあらずだと気付いたのだろう。そこに雑談にまぎれ込ませて先日の話を蒸し返し、見合い話にうなずくようにし向けたのだ。

自分の落ち度で恩師の策略にはまったことに腹が立つ。

「そう怖い顔をするな」

「……」

「騎士たる者は一度返事をした事を、簡単に覆《くつがえ》してはならない。そうだろう？　恨むのならぼんやり話を聞いていた自分を恨むのだな」

正論に言い返す事も出来ない。自分に出来るのは眉間に皺《しわ》を寄せ、恩師を恨めしく睨むのみだ。

「なあ。そう固く考えずに会ってみろ。お前のその融通《ゆうずう》のきかない性格が、私は心配なのだよ」

そう言いつつも、恩師は不意打ちとはいえ、自分をうなずかせる事が出来た喜びで舞い上がっていた。

「それに、ベルーザ家の娘は美しいと評判だぞ。お前も男なら興味がないわけないだろう?」

「全くありません」

「なんと！　やはりレスター一筋か?」

喜んで騒ぎ始めた恩師を相手にする時間さえ惜しいというのに、その上また面倒な事を……

昨日から、ため息ばかりついている気がする。まったく、どうしたものか。

＊　＊　＊

「弟に縁談だって!?　それは初耳だ！」

本日、食堂に出勤したら、兄上殿とアルビラが集まりなにやら作戦会議の様子。

この間、総指揮官殿のお見合い話の件で、アルビラが兄上殿に泣きついたらしい。しかし、何故この食堂が作戦会議の場所なのかしら。二人とも、自分たちのお屋敷の方が何倍も広いと思うのだけど……

しかし、今はこの賑《にぎ》やかな雰囲気がちょっぴり嬉しい。一人でいると悩んで沈んでしまうことが多くなっていたから。

「そうなのです！　私という者がありながら……」

レースのハンカチを口に入れ、引っ張って顔を歪《ゆが》めているアルビラに、兄上殿は頬杖《ほおづえ》をつきながらどこか楽しそうに尋ねる。

「他には何か情報はないの？」

「相手はベルーザ家っていうことくらいです！」

「——ベルーザ家」

見合い相手の家の名前を聞いた途端、兄上殿の動きが止まった。

先程までは、どこか楽しむような顔をして聞いていたが、急に真面目な顔つきになったのだ。

姿勢を正してアルビラを見る兄上殿。その身にまとう空気が一瞬で変わったと感じた。

そんな兄上殿の変化に気付かず、アルビラは続ける。

「しかも、相手のエリーザ嬢は美人と評判です。もし、『ボン・キュッ・ボン』だったらどうしましょう！　せめてケイトぐらいなら、私にだってまだ望みはあるのにー！」

最後のセリフに自分が出てきた気がするが、今はそんな事を突っ込む気にはならなかった。

アルビラは前回食べたカリムパイが気に入ったようで、もう二切れも食べているのにさらにおかわりをしてきた。先程からしゃべりつつも、クリームを口の端につけて夢中で食べている。

さっきは総指揮官殿の縁談の件で怒っていて、今はお菓子で満面の笑み。

その変わり身の早さが羨《うらや》ましい。私ってばなんで一人でこんなに暗いのかしら。

ため息をつきながら空いたお皿を運んでいると、声がかかる。

「どうしたの？　先程から上《うわ》の空みたいだけど」

考え事に夢中で、背後から近づいてきた兄上殿に気付かなかった。

「ええ。少し考えちゃって……」

私は兄上殿に今の気持ちを正直に話した。自分はどうすればいいのか……って。

ぐだぐだと悩みを口にすると、意外にすっきりした。その間、兄上殿は腕を組んで壁に寄りかかり、優しい眼差しを向けながら話を聞いてくれた。

「――見に行こうか？」

「え……」

「だからベルーザ家とのお見合いだよ」

「む……無理です！」

兄上殿の突拍子もない申し出に、驚きながらもそんな大胆な事は出来ないと、慌てて断った。

「だって、弟が何を考えてお見合いするのか知りたいのだろう？」

「それは……」

「私も何故そんなことになっているのか興味があるし。自分の目で確認しないと」

兄上殿はかなり乗り気で私を誘ってくる。

「大丈夫、私と一緒なら怪しまれないから」

「そんなこと……できません」

断固として首を縦に振らない私に、兄上殿は優しく笑いかける。そうして柔らかな手つきで私の頭をひと撫でると、

「まぁ、考えておいて」

と言って、席に戻って行った。


『お見合いをされるのですか？』

どうしてもその一言が聞けない。夕食時、いつもより静かで空気が重く感じる食卓は居心地が悪い。

総指揮官殿はこのままお見合いの件について何も言ってくれないのだろうか。

それこそ、はっきり決定してから言うつもりなの？　『縁談が決まったので、身の振

り方を考えて欲しい』と。

そんなんじゃ、遅すぎる――

お見合いの日程は明日、明後日あたりだと聞いた。これはアルビラ情報だ。

素直に聞けない私は、総指揮官殿にカマをかけてみた。

「明日と明後日、仕事はお休みをもらいました」

本日、食卓について初めて私から口を開いたので、総指揮官殿は少し驚いたように顔を上げた。

しばらく視線が交差した後、何も言わずに彼はうなずく。

私が休みだと言っても自分の予定は教えてくれないのね。

お見合いを……するのでしょう？

「私も色々準備が必要ですので」

荷物と――心の。

総指揮官殿は何も言わずに黙って私を見つめる。うなずくこともしなければ何も聞いてこない。

いったい何を考えているのだろう。縁談の件を言ってくれないの？

急に私はイライラしてきた。たとえ八つ当たりだとしても、ここ最近の私の心はささくれだって、疲れもストレスも最高潮だから仕方ないのだ。

なんで私は勝手に一人で毎日悩んでいるのだろう。誰も悩んでくれなんて言っていないのに。

そもそも、総指揮官殿が悪い。もっとはっきり、『出ていってくれ』とか言われたほうが、自分の身の振り方も考えられるってもんじゃない。それなのに、黙ったまま何も言わないなんてひどすぎる。

私の方が言い出せばいいの？

って、そもそも私に決定権なんてある訳ないじゃない！

この夕食の食材にかかるお金も、着ている洋服も、このお屋敷も全て総指揮官殿の持ち物じゃない。いつまでも居座っていて図々《ずうずう》しいと一言、言ってくれたら私は自分の甘えを反省し、外に飛び出す覚悟もできるのに。

むしろはっきり言って欲しい！

いろいろ、面と向かって言えない思いがこみ上げてきて私の胸を苦しくさせる。

対する問題の主の総指揮官殿は、表情の一つも変化しないので、そこから感情は読み取れない。

食事も途中だけど、この場にいたくない。総指揮官殿の顔なんて見たくない。

「――失礼します」

無性に腹が立って、だけど総指揮官殿にその思いをぶつける事もできない。今の私にできることはこの場を去るのみ。椅子から急に立ち上がると、総指揮官殿の顔も見ずに背を向ける。

そして扉のノブに手をかけると、その上から大きく固い手で掴まれていた。

顔を上げてその手の主を見れば、無表情ながらかすかに困惑の色を示している。

薄い青の瞳の奥に見えるのは、動揺の色なのか。

「……手を離してくれませんか」

「どこに――」

私の手を掴む総指揮官殿の手は振り払えないほど、力強い。

剣を持つので、手のひらにはマメが出来ているのだろう。硬く男らしい手だと感じる。

だけど、今はその手の温かさを感じたくないの。

「先に自室で休みます」

だけど総指揮官殿は黙ったままだ。ますますイライラする。

しばらく無言の攻防戦を繰り広げていると、総指揮官殿が先に口を開いた。

「体調が――」

「そうです」

頭上から顔をのぞき込むように心配してくる総指揮官殿だけど、放っておいて欲しい。

「では医者に――」

「大丈夫です」

「せめて薬を調合してもらい――」

「本当に大丈夫ですから！」

今日に限って総指揮官殿は驚くほど粘り強くて、やたらと体調を気遣ってくれている。

総指揮官殿は、どうすれば手を離してくれるのか、今の私はそればかりを考えていた。

この状況で優しい言葉なんてかけないで欲しい。

だから早くこの手を離して――

そう思った瞬間、叫んでいた。

「ただの月のものの痛みですから心配いりません！」

それを聞いた途端、総指揮官殿は掴んでいた手を一瞬で離し、一歩下がって私に道をゆずった。

いつもの冷静沈着な表情の中にわずかに見えた動揺。しかしそれに気付かない振りをして、そのまま扉を開けて部屋から出て行った。先程まで掴まれていた手が熱いと感じながら……

しかし、何故あんな事を言ってしまったのだろう。ああ言えば大抵の男の人は怯《ひる》むと思ってつい嘘を言ったのだが、普段の私ならあんな事は絶対言わない。そもそも、男の人に言う内容ではないし。

私ってば恥ずかしい！

口に出した言葉を後悔しながら眠りにつく。

一回口に出した言葉って、撤回できないのかな……

そうして今夜も眠れずにベッドの中で過ごした。

ベッドの中のマールが、ニーと一声鳴いた。

翌日。

どんな顔して総指揮官殿の前に出られようか。

出られるわけがない。今思い出しても恥ずかしすぎる。

——と、いうわけでアデルに体調不良を告げて、朝食を一緒にとるのを遠慮した。私の根性無し！

総指揮官殿が出かけたのを見計らって広間に向かい、朝食をとる。食後の紅茶を飲みながら考え事をしていたら、突然の来客の連絡を受けた。

応接室まで通された客人は、私の姿を見ると優しく微笑みながら近づいてきた。

「おはよう。ケイト」

「おはようございます、兄上殿」

兄上殿の大好きな弟君である総指揮官殿はつい先程出かけたというのに、どうしたのだろう。寝不足の頭でぼんやり考える。

応接室に案内された兄上殿は、アデルの淹《い》れた紅茶を一口飲んでから話し始めた。

「ケイト元気ないね」

「そうですか？　ただの寝不足かな」

「顔色がちょっと悪いよ」

そう言うと、私の顔にそっと手を伸ばしてきた兄上殿。私は驚きつつも、ぼーっとしながらその動きを見つめていた。

「目の下にクマが出来ている」

そう言って笑いながら私の頬を親指でさする。温かい指先で触れられて、頬が自然と熱くなる。

兄上殿はそんな私の顔を見つめて微笑むと、いきなり両手を叩き大声で叫んだ。

「そうそう！　お見合いは相手方のベルーザ家で行われるから、明日迎えにくるね」

「無理ですよ、行けませんよ！」

相変わらず兄上殿はこっそりお見合いを見に行こうと誘ってくる。

その度に無理だと言っているのだけど、結構粘ってくるので困ったものだ。

「しれーっとして誘ったつもりだけど、ケイト気付いたね」

「気付きますよ！」

興味本位でのぞきに行くわけにもいかないので、断固拒否した。それに総指揮官殿の迷惑になるようなことは避けたい。居候《いそうろう》の分際で彼の将来を邪魔してはいけない。

それに、お見合いの場面を見たくもない。……ん？　そもそも私は何で見たくないの？

自分で気持ちの整理をつけようと押し黙っていたら――

「大丈夫。仲介役は私も古くから付き合いのある人物だし、そもそも兄である私が見合いの場にいても、誰も疑問は抱かないだろう」

「でも……！」

「それともケイトは興味ないの？　弟のお見合いのこと」

私の様子を楽しむように声を弾ませ、微笑しながら聞いてくる兄上殿に、黙り込むしか出来ない。

「私はすっっっごく興味があるよ。あの仏頂面の弟がどんな態度をとるのか！　やはり素っ気ないのだろうか。それとも顔を赤らめたりする事があるのだろうか！　これを見ないで翌日を迎えられるか！　ってぐらい。仕事など投げ出してもいい！」

と、ガッツポーズを取って力《りき》む兄上殿。

そうですか、でも兄上殿はすでに仕事を投げ出してこられたのですよね。

執事のデリックさんは今頃泣いているに違いないですよ……

そして翌日のお見合い当日。

総指揮官殿は朝食もとらずに、用事があると伝言だけ残して屋敷を出て行ったらしい。

用事って何さ。はっきり言えばいいのに。大事な縁談がありますって。

何だか私の胸中が、またもやもやし始めた。

そんな私の前に、アデルが包装された大きな箱を差し出した。ご丁寧に綺麗なリボンまでついている。早朝、私宛てに届いたらしい。

恐る恐る開けてみると、出てきたのはシフォンワンピース。胸元のレースが豪華な雰囲気を醸《かも》し出していて、生地の手触りもすごくいい。

シンプルなデザインだけど、胸下でリボンを結べば体型をすっきりと見せることができそうだ。細身に見える上品なシルエットがこの服の魅力なんだろうな。サイズも私に丁度いいと思う。

けれど何でこの服？　一体誰が？

不思議に思っていた私は、箱の隅に一枚のメッセージカードを見つけた。

花の香りのする淡《あわ》いピンク色のカードには、くせのない綺麗な字が書かれている。

『今日、君がこの服に着替えた頃に迎えに行くよ』

——やられた。

これを着てベルーザ家へ行けということか。

兄上殿は強行突破を決めたのだろう。こうやって素敵な服まで贈ってくるなんて。

メッセージカードを手に持ち、天井を見上げたまま、私は完敗のため息をついた。この勝負、兄上殿の粘り勝ち!!

それから数十分後、私は普段着ないような上質のシフォンワンピースに身を包んでいた。思った通り、サイズも私にぴったりだった。

着替え終わり、薄化粧もして準備が整った頃、タイミングよくプレゼントの主が現れた。

兄上殿は私を見るなり、満足気に微笑んだ。

「ケイト！　よく似合っている」

お見合いを見に行こうと誘う兄上殿と断り続けた私。だけど結局私は根負けした。開き直って堂々と見に行くことに決めた。

ちなみに兄上殿から贈られた箱には、なんと靴まで入っていた。まさに上から下まで一式プレゼントだ。

「ありがとうございます。けど、いいんですか？　こんな素敵なお洋服を用意していただいて」

「いいんだよ。選ぶのは私も楽しかったからね」

「もしかしてご自分で選んで下さったのですか？」

「もちろんだよ。屋敷にお針子さんを呼んでケイトのイメージをもとに作らせたんだ。女性に物を贈るなら、自分で選ばないと失礼だろう？　それにこんなに可愛い女性に贈るなら、なおさらだよ」

「そんな、わざわざありがとうございます」

「いいんだ、これは私の趣味でもあるからね。ああ、女性を綺麗に着飾るのは、なんて楽しいんだろう！」

女性慣れしている兄上殿の様子に、笑ってしまった。

そもそも私のサイズをピタリと当てているあたりがその証拠だろう。歯の浮くような台詞《せりふ》も兄上殿ならでは。でも、すごく様《さま》になっているから不思議だ。

よそいきワンピースに身を包み、いつもは履かない踵《かかと》の高い靴で、いざ行こう。

隣に立つ兄上殿の格好は、白いシャツにグレイの細身のズボン。それに細かい刺繍《ししゅう》の入った上着を羽織っている。こうやって見ると、すごくかっこいい男の人だと改めて認識する。

それに、総指揮官殿にどこか似ている——

一瞬そう思ったが、慌ててその考えをかき消すように頭を横に振り、私は差し出してきた兄上殿の手を取った。

＊　＊　＊

「アリオスはこの若さで数百人という騎士達を取りまとめる役職についている。その仕事ぶり、人柄は多くの者達から高く評価され——」

もういい、お世辞は結構だ——と、苦痛にすら感じながら、自分は先程からずっと恩師の言葉を聞き流している。

そして、「一度でいいから会ってくれ」と懇願され、自分とベルーザ家の娘を引き合わせることになった原因の恩師を見つめる。曖昧《あいまい》に話を聞いていた自分の甘さにも原因があるので、余計に腹立たしい。

　通常業務とはまったく趣《おもむ》きの違う特殊任務に気が重くなり、朝食でさえ喉を通すのが困難だったくらいだ。結局、飲み物で喉を潤《うるお》すとすぐさま出かけた。面倒事は早く済ますに限る。

　そのまま恩師の屋敷に行き、ベルーザ家へと連行された。

　ベルーザ家といえば、財力もあり名門で名が知られている。その屋敷で通された一室はさすがに豪華だが、派手すぎる内装に目がくらむ。その贅沢の限りを尽くした一室は居心地が悪くて、落ち着かない。

　早く任務を済ませて自分の屋敷に帰りたいと思う。

「エリーザの趣味は刺繍《ししゅう》と、詩を書く事ですの。叔母の私から見て、もの静かで控えめな性格ですが、内面は、一度決めたら曲げることのない強い意志を持っていますわ。ですから総指揮官殿を陰で支えながらも、一歩下がった位置でそのお背中について行けると思いますの」

　自分は陰から支えてもらう事を期待しているわけでも、黙ってついてきてくれる女性を望んでいる訳でもない。

　どちらかといえば、同じ物を見て笑ったり感動したりして、並んで歩きたいと思う。

ふと彼女の笑顔が頭に浮かぶ。考えている事がそのまま顔に出て、表情豊かで見ていて飽きない。

むしろずっと見ていたい。側でずっと――

しかし先日の、『私も色々準備が必要ですので』などといった意味深な台詞《せりふ》は、一体何を意味するのか。

彼女の準備とは一体何のことだろうか。もしや、また――

思い出すのは過去に一度、彼女が自分の屋敷から黙って消えた日々のこと。

あの一ヵ月という期間は、永遠にも続くかと感じた、まるで出口のない迷路のようだった。

彼女が戻ってきたときには、もう二度と自分のもとから離れて欲しくないと強く感じたほどだ。

一昨日の彼女は、明らかに不自然な態度で、自分に背を向け部屋から出て行こうとしていた。

その後ろ姿を見て、内心焦って動揺した後に続いた自分の行動。今思い出しても悔《く》いるばかりだ。女性特有の体調の悪さをしつこく問い詰めるなど、思いやりに欠ける行為だと思う。

自室に戻り己《おのれ》の行動を反省していたら、夜はあまり寝られなくて、気が付いたら外がほんのりと明るくなっていた。

「――聞いているのか？　アリオス」

唐突に向けられた恩師の言葉で我に返る。

「これは、エリーザ嬢のあまりの美しさに心を奪われてしまったようだな」

笑いながら言ってその場を取《と》り繕《つくろ》った恩師を冷ややかな目で見つめるが、恩師はあえて気付かない振りをしている。

「では、あとは若い二人で庭を散歩でもするといいわ。ねぇ、エリーザ」

「はい」

自分の対面から、消え入りそうに小さく、恥じらうような声が聞こえた。

外野がうるさくて、肝心のエリーザ嬢の存在を忘れていた。

今、初めてまともに自分の視界に入れた。

腰まで伸ばした茶色で真っ直ぐな長い髪は、艶《つや》があり輝いている。

顔のつくりは小さく、透き通るような透明感のある白い肌に大きな茶色の瞳。鼻筋は通っていて、唇もふっくらとしている。そして、その瞳の輝きの中には、自分が映っていた。

自分と目が合うと、恥ずかしそうに頬を赤く染め、彼女は下を向いた。

――美しい。

素直にそう感じた自分がいる。

＊　＊　＊

なんて素敵な屋敷！　庭も広い！

どうしてこうお金持ちの家の庭って広いのかしら。お金かけてるわ……

私は敷地を囲む壁を眺め、敷かれたレンガの道を踏みしめる。

実際、こうやって忍び込むのも緊張したけど、ベルーザ家の人達は兄上殿の顔を見ると丁寧な挨拶《あいさつ》と共に屋敷に通してくれた。さすが兄上殿、顔が広い。

しかし、少し拍子抜けしたのも事実だ。実際私の忍び込むというイメージは、ベルーザ家の荷物を運ぶ馬車に潜り込んで潜入したり、壁をつたって入り込んだりするのかと思っていた。……忍者か。

なんて、ふざけたことを考えていても、私の緊張は解けないままだけれど。

素敵な庭だね、などと感心したように言う兄上殿は、余裕の態度だ。

実際こっちは見つかったらどうしようと、かなり緊張して心の底から周囲を楽しむ余裕などなかったというのに。

「そろそろ弟も、庭を歩いているはずだよ」

「どうしてわかるのですか?」

確信しているような兄上殿に理由を尋ねる。

「ああ。それはね、お見合いって最後は絶対『後は若い者同士で』って言われて庭に放り出されるのが一般的だからさ」

……そこはどこの国も一緒なのね。

「そうなのですか。……兄上殿もお見合いをした事ありますか?」

「私も何回か知人の顔を立ててした事はあるけど……正直、面倒だからしたくないな」

それに、まだしばらくは結婚する気なんてないしね、と付け加えて笑った兄上殿。

その笑顔が素敵で、一瞬鼓動が跳ねた。総指揮官殿とどことなく似ている顔で、その笑顔は反則だ。

むしろ総指揮官殿も、兄上殿の半分でもいいから笑顔を見せてくれたらいいのに、なんて思ってしまった。

「結婚はまだ面倒だ。自由でいたいし縛られたくはない。縛られてもいいと思うぐらいの女性が現れれば、考えが変わるのかもしれないけれど」

そういえば、私は自分の結婚について具体的に考えた事はないなぁと思いつつ、兄上殿の話を黙って聞く。

「せめて弟以上に好きになれたら――いや、弟と同じぐらい好きになれそうな女性が出てきたら考えてもいいな」

愛情の基準が弟である総指揮官殿だという兄上殿は、やはりどこか残念だ。

しかし、総指揮官殿に向けるあの愛情を一人の女性に向けるとなると――その女性はめちゃくちゃに愛されて甘やかされて、きっと幸せになるだろう。

……ちょっと愛情表現がアレな兄上殿ではあるけれど。

「そうそう。庭に放り出された後、本人同士が気に入ったら、用意された一室に戻ってそのまま夜を共に過ごす、ということもあるんだ」

「え？」

聞き間違い？　いや、違う。それはもしや……大人の関係でしょうか？

「まあ、よほど気に入った場合、しかも双方の合意のもとだけどね」

内心の動揺を隠しきれずに私が目を泳がせていると、視線を合わせてきた兄上殿が、優しい色合いの瞳を細めて、ゆったりと首をかしげた。

「――気になる？」

私の顔を見て聞いてくる兄上殿に、

「そ、そ、そうでもないですよ!?」

なんて答えるけれど、どこから見ても動揺しているだろうに。何やってるんだ私は。

「まあ、弟に限ってそれはないと思うけどね」

兄上殿は、大きくて広い手で私の頭を撫でながらそうつぶやいた。

＊　＊　＊

確かに美しいと噂されるだけあると思う――

目の前の女性を見つめるが、特に何の感情も浮かんでは来ない。

恥じらう様子で下を向いている彼女の長いまつ毛を、冷静な気持ちで見つめていた。

この美しさなら、微笑みかけるだけでほとんどの男性を虜《とりこ》にすることが出来るだろう。

それが何故、見合いなどをするのだろう。

まあ、ほんの二、三時間、恩師の顔を立ててこの場にいればすぐ解放されるに違いない。

早くこの任務を終わらせようと思った自分は、静かに席を立ち、エリーザ嬢の手を取った。

ため息がつきたくなる気持ちをこらえて、庭に降り立つ。

しばらく歩いていると、エリーザ嬢が遠慮がちに口にした。

「……全然お話しにならないのですね」

別段、口を開くまいと決めていた訳ではない。自分にとってはこれがごく自然体だ。

そうか、いつもは彼女が先に口を開いていたので、自分は聞き役に回っていた。いつの間にか、その環境に慣れてしまっていたのだ。

「私といるのは、そんなにつまらないでしょうか……？」

自信なさげに顔が曇るエリーザ嬢。これ以上話がややこしくならないよう、今伝えておこう。

「――あなたにお願いがあります」

「なんでしょう？」

自然と口調が強くなっていたのかもしれない。エリーザ嬢が緊張した面持ちで少し身構える。

「このお話は、あなたの方から断って欲しいのです」

エリーザ嬢は息を呑んだ。

「……私はそんなに魅力がありませんか」

「違います。自分はまだ若輩者ですので、結婚を考えられないだけです」

エリーザ嬢が黙っているので、自分はさらに説得を続けた。

「あなたは魅力的です。それが理由ではありません。あなたも、きっと自分と同じで無理矢理この場に連れて来られたのだと思います。だから、あなたから——」

そのまま続けようと口を開いたら、顔を上げたエリーザ嬢が大声で叫んだ。

「……い……嫌です!!」

エリーザ嬢は唇をかみしめ、震える両手を強く握りしめていた。両方の瞳は潤《うる》んでいる。

しかし、そんなエリーザ嬢の様子を見ても、自分は少しも動じていない。

不誠実な真似はしたくないので、ここで自分の意思をはっきりと伝えておくことが最善だろう。

かすかに震えるエリーザ嬢にはっきりと宣言しようと思った瞬間、庭の片隅で動いた人影を視界の端でとらえた。それはこの場にいるはずのない人物で、思わず目を見張る。

あの人影は——そして隣にいるのは——

＊　＊　＊

「あそこに総指揮官殿が——」

忍び込んだ素敵な庭で、真剣に見つめ合っている若い男女がいると思ったら、総指揮官殿だった。しかも、お見合いの真っ最中だったらしい。

向かい合っている女性は、サラサラな長い髪が真っ直ぐに腰まで伸び、清楚《せいそ》で控えめな印象を受ける美人。

彼女は大きい瞳で総指揮官殿に熱い視線を送っている。

対する総指揮官殿は胸元には沢山の勲章をつけ、その上に長いマントをはおった騎士の正装だ。

並んでいる二人は、すごくお似合いだ。

その途端、自分がすごくみじめに思えた。アルビラを見習って、せめてハニーメリーのトリートメントでもしておけばよかった。

……総指揮官殿と彼女の前では、髪の毛一本でも綺麗に見せたいと思ってしまったのはどうしてだろう。

呆然として動けずにいたら、とっさに兄上殿が私の肩を掴んで緑の茂《しげ》みに引き寄せた。

「見つかると面倒だ」

小声でつぶやいた兄上殿に、心ここにあらずといった感じでうなずいた。

「だが、さすがだな。気配を消したつもりが弟は完全に気付いたよ」

「えっ……気付かれました？」

それはやばい。さすがに興味本位で忍び込んで来た私達を怒るに違いない。

「──ああ。久々に本気で殺気のこもった瞳を向けられたよ。あんな目を向けるなんて、よほど君と一緒なのが気に障《さわ》ったらしい」

本気で怒っている……

今さらながら自分の軽率な行動を悔やむ。やはり邪魔をしちゃいけなかったのだ。

「場所を移動しよう」

兄上殿は私の手を強めに引いた。引かれて前に進もうとするも、背中に感じる強い視線──

後方が気になって仕方がない。だけど、振り返ってはいけない、そんな予感がする。

「あっ！」

つい、足がもつれて転びそうになった。

とっさに兄上殿が長い腕を私の腰に回して支えてくれたので、転ばずにすんだ。

しかし、私は全体重をかけて兄上殿に寄りかかっていたので慌ててしまった。

「大丈夫？」

兄上殿が近い距離で私の顔を心配そうにのぞき込んでくる。

顔が近くて恥ずかしい。私は目を伏せつつ、返事の代わりにうなずいた。すると後方から何か強い引力を感じて、ためらいがちに視線を向けた。そして──遠方からでもわかった。

総指揮官殿が私と兄上殿を見ていた。

眉間に皺《しわ》を寄せ目を細め、全てを凍らせるほど冷たい視線をこちらに投げている。口の端をほんの少し曲げ、無表情の中にも読み取れる不機嫌さ。その感情の名は怒りだと思う。

怒らせた――

怒気にあてられ、その場で立ちすくんでしまった。

私の知る総指揮官殿は一見、冷静沈着で無表情だと評判だ。しかも部下の間では厳しくて有名だという。

だけど私に接する態度だけは、ずっと変わらず優しかったから、怒られないってどこかで高をくくっていた。

自分にだけは優しくしてくれるなんて、自惚《うぬぼ》れていたのだ。無口だけど、私を気遣ってくれる思いやりのある人だと――

それなのに、そんな彼をあそこまで激怒させた。

怖い――

初めてそう思ってしまった。今は距離があるからともかく、目の前であんな表情をされたら、私は震えてしまうだろう。

きっと言葉を発することだって難しく、今回の件について言い訳も出来ない気がする。

「さぁ、行こう」

立ち止まる私の肩を抱き、力強く引っ張ってくれた兄上殿に、『顔色が悪いけどどうしたの？』と聞かれても、すぐに答える事はできなかった。

似合わない綺麗な服に身を包み、めったにしない化粧をして、挙句の果てにこんな慣れない踵《かかと》の高い靴を履いて転びそうになって。

なんて、滑稽《こっけい》なんだろう。私バカみたいじゃない——

総指揮官殿の怒りを秘めたあの顔が、脳裏《のうり》から離れない。

さすがに私の顔色が悪すぎると心配したのだろう。兄上殿は、すぐに屋敷に送ってくれた。『大丈夫かい？　少し私の屋敷で休んでいくかい？』と言ってくれたが、断って帰ってきたのだ。

そうして一人自室で泣いて落ち込んでいる私に、更なる追い打ちをかける出来事が……

「本日、総指揮官殿はお帰りになりません」

アデルに気まずそうに言われた瞬間、ガーンとハンマーで脳天をなぐられたようなショックを受けて、その場で立ちすくんでしまった。

最初は、『帰ってきたらどう謝ろうか』『まだ怒っているのだろうか』と悩んでいた。会いたくないと思ってしまったのも事実だったけど、それを聞いたら、お願いだから帰ってきて欲しいと思った。

屋敷中の皆が私に気を遣っているのが肌で感じられて、いたたまれない。マールでさえも何かを察したのか、足下にまとわりついて離れなかった。

私はマールを腕に抱いて眠りにつくことにした。柔らかい毛並みを撫でていると少し心が落ち着いてくる。

この小さくて温かい体温に今の私は救われている。

今頃、総指揮官殿は誰かの体温を感じて眠っているのだろうか――

変な想像が頭を駆け巡り、眠ることなんて出来なかった。


翌朝。

私はいつもと同じ時間に、仕事に出かける用意をする。

朝食を一人でとり、気遣う皆の前では落ち込んでいる姿を見せないよう、明るく振る舞った。

寝不足で疲れているけれど、何かしている方が気がまぎれると思い仕事に出かける。

そして仕事場への道のりを一人で歩く。

普段なら隣にいるはずの総指揮官殿がいない。過保護な彼は、必ず私に道の歩道側を歩かせた。私が離れて歩く事も嫌った。『馬車が通るかもしれない右側は危ない』とか、『万が一にも目を離した隙に誰かに攫《さら》われたりしてはいけない』とか、真面目な顔して力説してきたのだ。私は心配しすぎだと噴き出しそうな気持ちをこらえて従っていたものだ。

通勤の際は必ず側にいるって、総指揮官殿は言っていた。

……総指揮官殿の嘘つき。側にいないじゃないの。今頃、誰の隣にいるの……

一人で歩く道は、何故かいつもよりも長く感じられた。

食堂に着くと、すぐにおかみさんに配達を頼まれた。配達の品物は用意されていて、丁寧にかごに詰められている。焼き立てパナットパイの香りが甘く香ばしい。

配達先の住所を教えてもらった時は少し驚いたけど、仕事だからと急いで出発した。

「やあ、ケイト！　久しぶり、昨日ぶりだね！　朝から美味《おい》しいパナットパイの配達ありがとう！」

配達先は兄上殿のお屋敷だった。

きっと昨日、明らかに様子がおかしかった私を気にして、様子を窺《うかが》おうと配達を頼んだのだろう。

「ケイト、寝不足の顔をしているね」

ソファを勧められたので、お言葉に甘えて座った後、兄上殿の言葉に苦笑いで返す。

「そんな顔をするぐらいなら、私のところに来るかい？　弟の側にいるのが辛いなら、この屋敷で過ごしてもらっていいよ。部屋はたくさんあるし、私には結婚する予定も相手もいない。なんならずっと居ても構わないし」

「え！　でっ、でも……それは」

突然の申し出に頭が混乱する。

「可愛らしい女性がいると華やかになるしね。ああ、ケイトがこの屋敷に来てくれたらどんなに楽しいだろう。ケイトに似合う服を買い揃えて、着せ替えごっこを楽しめるのに」

いくらなんでもそれは出来ない相談です。

「それにケイトが私のところに来るとなったら、あの冷静な弟がどんな態度を取ると思う？　必死になって取り戻しにくるか、そっちにもすごく興味がある」

今の総指揮官殿なら喜んで、のしをつけて送り出すのではないでしょうか。むしろ厄介払いの好都合だと思っていたりして……

そう思ったら、また心の中が重くなる。

私の曇り顔を見た兄上殿は、急にソファから立ち上がり、『着せ替えごっこは男のロマン～』と自作の歌を歌い出した。すごく機嫌がいいようだ。書類で山になっている机の前まで行くと、そこで振り返って私に言う。

「本当に来てもいいんだよ？　いつでも歓迎するよ」

「いえ……そこまで甘えるわけには……」

「じゃあ、あまり一人で悩まないことだよ。人生どうにだってなるさ」

そう言うと机の上にあった小さな呼び鈴《りん》を振った。高い綺麗な鈴の音が、部屋から廊下まで鳴り響く。するとすぐに、執事のデリックさんが部屋にやって来た。

「お呼びでしょうか」

「デリック、馬車の用意を頼む。あと午後からの私のスケジュールを調整してくれ」

そう言われたデリックさんは、胸元から手帳を取り出し何やら書き込み始めた。

「可愛いケイトが泣くのは見たくないからね、しょうがない。私の胸を貸してもいいのだが、私じゃ力不足だろうし」

兄上殿はため息をつきながら、何かを決心したかのように顔を上げる。

「しかし、ここまで強引に事を進めるとは、さすがの私も面白くないな。あまり関わりたくはなかったが、こうまでされるとね。さて、行こうか」

「え？　ど、どこに!?」

「デリック。フォンセ食堂へ連絡してくれ。ケイトをこのまま借りると」

「かしこまりました」

呆気にとられている私をよそに、話はどんどん進んでいく。

兄上殿は上着を片手に扉へと足を進めた。

いつも微笑んでいる顔しか見たことがなかったけど、不意に見せたその横顔に驚く。

瞳は吊り上がり、唇を引き締め、驚くほど冷たい笑みを浮かべていた。

その顔を見た瞬間、わかってしまった。

先程まで上機嫌だと思っていたけど、違う。本当は兄上殿は怒っていたのだ。

けど誰に？　どうして？

訳がわからぬまま、私は兄上殿の背中を追いかけた。

＊　＊　＊

頭が痛い――
体の自由があまりきかず、やっとの思いで手を動かしてみる。

朦朧《もうろう》とした意識の中、ぼんやりと浮かんだのは明るく笑う彼女。

彼女によく似合うドレスの裾をひるがえし、兄に肩を抱かれて茂《しげ》みに隠れた――

兄に支えられている彼女を見た瞬間、胸に湧き上がる醜《みにく》い感情。

彼女の隣から兄を、いや自分以外の男の存在を本気で抹殺《まっさつ》したいと思ってしまった。

この自分自身で制御出来ない感情を、嫉妬と呼ぶのだろうか。

うっすらと目を開けると、見知らぬ天井が視界に入る。自分は豪華な寝台に横たわり、寝かされているらしい。この体に感じる不自由さ。何か毒を盛られたかもしれない。

しかし毒には多少、耐性がある。意識を取り戻した事が、下手に相手に知れるとやっかいになると考え、寝台に横たわったまま、まるで眠っているかのように浅い呼吸を繰り返す。いざという時のために少しでも体力の温存が必要だ。

そして、どうしてこんなことになったのかと、少し前のことを思い出してみる。

あの時、自分は確かエリーザ嬢と庭にいた――

『……い……嫌です!!』

『エリーザ嬢』

『私はあなたに一日会いたかったのです。あなたの視界に入って、あなたが考えている事を知りたかったのです!』

そう叫んだ後、エリーザ嬢は唇を強く引き締めていた。潤《うる》んだ瞳に、今にもこぼれ落ちそうな涙。

しかしその涙を見ても、やはり自分の心には何も響いてはこない。だから正直に口にした。

『――自分がここにいても考えることは、あの二人が何故一緒にいるのか』

『あの二人……』

エリーザ嬢は自分の視線の先に顔を向け、去りゆく二人の姿を認識する。

『そして、これから二人でどこへ行くのかと……それればかりです』

『私は……』

『目の前のあなたの真剣な想いを聞いても、心の中で考えているのは一人の女性の事だけです。だから戻りましょう』

そう言って自分は、恩師達が待つ部屋へ戻ろうと踵《きびす》を返した。

――そこで意識は途切れたのだった。

部屋に足音がだんだんと近づいてくる。その音に、耳をすませて神経を集中する。このまま意識がない状態を演じ、相手が油断したところを捕《と》らえてやろうと考えた。

しかし自分も甘く見られたものだ。

油断した自分も悪いが、薬をかがせた後、寝台に縛り付けもせずに放置とは。

まずは黒幕の正体を確かめようと、目を閉じたまま寝台で相手の出方を待つ。部屋の扉がゆっくりと静かな音を立てて開いた。人の気配が寝台へと近づき、寝ている自分の顔をのぞき込む。

その人物が最も近づいた瞬間、まずは首を掴んだ。その人物はうめき声を上げる。黒幕の顔を確認するため、自分は視線を下げた。すると――

「……おっ……おと……うと……！」

自分の腕の中で苦しげに声を絞り出す男が兄だと認識した瞬間、床下に放り投げてしまったのは条件反射だ。

床に転がった兄は、苦しそうに咳《せ》き込みながら自分を見上げて言った。

「ゴホッ……！　むっ……迎えに来たのに……!!」

「――この状況で寝ている顔をのぞき込まれたら、誰だって警戒する」

床に這《は》いつくばりむせている兄を放置し、状況を把握する事に集中する。

それから兄に、何故ここにいるのか視線で問いかけた。

「迎えに来たのだ、弟よ。いつまで留守にするつもりだい。ケイトも一緒にいるよ」

「一緒に……」

「ああ。そうさ。今は隣の部屋で控えてもらっているよ」

その時、部屋の扉が開いた。

部屋に入ってきた人物はゆっくりと顔を向け、大きく目を見張る。

そして、微笑んだ。

まるで、とても嬉しい出来事に出会ったと言わんばかりの笑みだ。その視線の先にいるのは――兄だ。

その微笑みを受けて兄は、這いつくばっていた床から立ち上がった。

「久しぶりだね、エリーザ嬢」

「エディアルド様……」

「しかし、やけに強引すぎる方法で感心しないね」

「ですが、エディアルド様はこうして来てくれた……」

真っ直ぐ兄を見つめながら、エリーザ嬢はつぶやいた。うっとりとした頬は赤く染まり、まるで幸せな夢を見ているような笑みを浮かべる。

対する兄はものすごく冷静だ。

「――やってくれたね、エリーザ嬢」

兄が冷たく言い放つと、エリーザ嬢は一瞬怯《ひる》んだ様子を見せたものの、すぐに叫んだ。

「私はっ、エディアルド様が大好きな弟君と親しくなれたら……そうしたらもっとエディアルド様に近づく機会が増えるかもしれないと思って！」

「だから、この結末かい？　それは間違いだよ、エリーザ嬢。弟を巻き込んだ時点で私と君が親しくなれる可能性はなくなった」

「エディアルド様の視界に入りたくて、興味の対象になりたくて！　どうすればエディアルド様に好かれるのか、アリオス様を観察したくて!!　うらやましくて！　心が苦しくて!!」

「私と親しくなりたいからという理由で、関係ない弟を軟禁状態にまで追い込むか？　——私はそれに怒っている」

まだ多少重く感じる体と頭で、一つだけ理解した事がある。

この全ての出来事の原因はお前か、兄よ——!!

＊　＊　＊

兄上殿から、隣の部屋で待機するように言われたけれど、何やら人の集まる気配が隣室から感じられて落ち着かない。

壁に耳を当ててみても聞こえないし、ただ待っているだけって余計に時間が長く感じる。

ここは思いきって強行突破で部屋を抜け出し、隣室の様子を窺《うかが》うことにしよう。

忍び足で廊下に出てみると、隣室の扉は少し開いていた。緊張しながらも、そっとのぞき込んでみる。

部屋には上品な調度品の数々が並び、端には大きなベッドがあった。その近くに兄上殿達が立っている。

兄上殿とエリーザ嬢は向き合っていて、兄上殿の横では総指揮官殿が冷たい視線を送っている。

一見無表情に見えるけど、不機嫌なオーラを放っていると気付いたので、反射的に扉の陰に隠れた。昨日の怒った総指揮官殿の様子を思い出して、心臓がばくばくしだしたのだ。

しかし気になって再度、扉の半分から顔をそっとのぞかせる。

「――周囲の人間を巻き込むな」

厳しい口調で総指揮官殿は言った。

昨日帰ってこなかったので、甘いムードを漂《ただよ》わせているかと思ったけど、まったくそんな空気ではなかった。あまりのピリピリムードに、思わず逃げ腰になってしまう。

すると、総指揮官殿がいきなり鋭い視線を私に向けた。

総指揮官殿に気付かれた！　さすが気配に敏感《びんかん》！

また怒られると思って、私は隠れることも忘れて顔を引きつらせてしまった。

私の姿を見た総指揮官殿は、片眉を上げて驚いたような顔をした。その反応はごく薄かったけど、別段怒った風には見られない。

もしかしてもう怒っていないのかしら？　そんな期待をしてしまう私って、考えが甘いのだろうか。

ううん。やっぱり、後できちんと謝罪しないと駄目よね。

そんな事を考えていると、いきなり総指揮官殿が私目がけて真っ直ぐに歩いて来た。

その薄い青い瞳に射抜かれたまま、私は動く事も出来ずに近づいてくる総指揮官殿を見つめる。

やがて総指揮官殿は背を向けて私の前に立つと、兄上殿とエリーザ嬢を見据えた。

「相手があなたに危害を加えないとは言い切れない状態だから――」

そうつぶやいた総指揮官殿。

庇《かば》われたのだと知った瞬間、大きくて広い背中の後ろで、大切に守られている感覚に陥《おちい》る。

　足下が少しふらついていたが、私を庇うためか気丈にも真っ直ぐな姿勢で立っている。その様子を見てエリーザ嬢が声をかけた。

「ハンカチーフに少量含ませて口と鼻を塞《ふさ》いだだけですから、大丈夫ですわ。すぐに元に戻ります」

　ということは……総指揮官殿は薬をかがされたってこと!?

　それを聞いた瞬間、叫んだのは兄上殿だった。

「何が大丈夫なものか！　薬の副作用があるじゃないか！　気分は悪いし頭は痛いし最悪なのだぞ！」

　それは兄上殿も同じ経験があるってこと？　事情がいまいち把握できない私を尻目に、二人は続ける。

「大丈夫ですわ。エディアルド様もお元気だったじゃありませんか」

「元気なものか！　あんな薬を使って……殺す気だったのか！」

「違います！　エディアルド様がいなくなられたら、私も生きる意味がありません！」

　はっきりと言い放ったエリーザ嬢の言葉を聞いて、彼女が兄上殿を好きなのだということを悟った。

今までの会話の流れからいって、総指揮官殿は兄上殿を引き寄せる餌《えさ》にされたってところかしら……

だけど、薬まで使って眠らせるのはやりすぎだと思う。

普通に兄上殿を訪ねて、お会いすればいいだけじゃないの？　と、私は首をひねりながら二人を見つめる。

しかし社交的で、人あたりのいい兄上殿がここまで拒否の態度を見せるのは稀《まれ》なのではないだろうか。

エリーザ嬢の身分も高いというし、何より美しい方だ。男なら守ってやりたくなるほど可憐《かれん》な女性の、どこがダメなのかしら？

不思議な思いで兄上殿に視線を投げると、兄上殿はその視線の意味に気付いたようだ。そして、「やめてくれぇぇぇ！」と叫んだ。その表情は、ムンクの叫びを連想させる。

「毎日毎日、届けられる刺繍《ししゅう》されたハンカチーフに手紙。そして手紙には『昨日はどこで何を食べましたね』『昨日は何時に寝ましたね』といった個人情報が筒抜けなのは何故だと思う？　その手紙には私と付き合った妄想日記がえんえんと書き連《つら》ねてあったら？　最近では新婚生活まで妄想が進行していたら？」

兄上殿の勢いは止まらず続く。

「たまに外出すると『偶然ですね』と言い、ばったり会ってしまうのは、本当に偶然なのか？　贈り物のハンカチーフの刺繍は『想いを込めて髪の毛を編み込みました』と言われた時は、思わずその場で『ヒーッ！』と叫んでしまったよ。大の大人《だい》である私が！」

「うふふ。初めてお会いした時、私の髪が綺麗だと褒《ほ》めて下さいました。その時、運命を感じたのです」

「社交辞令だと察してくれ!!」

「それからずうっと髪を伸ばし続けているのです。それと同時に心に固く誓いました。この出会い、逃すまいと――」

何故だろう……

こんなに綺麗な人なのに、ストーカー気質の粘着系の匂いがぷんぷんする。それは気のせいではないはずだ。

「えっと、でも綺麗な方だし、一途《いちず》な気持ちだと思っていればよいのでは？」

私の必死のフォローも聞かずに兄上殿が叫んだ。

「一度話し合うつもりで、エリーザ嬢のもとに出向いたが、途中で意識を失ったのだ。覚えているのは紅茶を飲んだこと。そこから先は記憶がない。しかも目覚めて見れば、ベッドに寝かされていた。その横で私の寝顔をずっと見つめながらにやけているエリー

ザ嬢の姿を見た瞬間、恐怖のあまり再び叫んだ。『ヒーッ!!』と！」

「ああでもしなければ、すぐに帰ってしまわれるでしょう？　それがさびしくて、つい……」

「その『つい』で、変な薬を飲まされ、丸一日、寝ていたのだぞ！　その間、何をされたのか考えるだけで恐怖だ！」

「そんな……ひどい」

「ひどいのは、どっちだ!!」

興奮している二人と、そのやり取りを眺めていた。とてもじゃないが、口出しできる雰囲気ではない。

「本当は三日ほど寝ていただく計算でしたのに、一日だけだったのは計算外でしたわ」

「その間、私に何をした!?」

エリーザ嬢は頬を染め、恥ずかしそうに告白した。

「エディアルド様の背中の肩甲骨《けんこうこつ》のあたりにホクロがあるのを発見して喜んだり、髪の毛をひと房《ふさ》もらったり、あの時使った紅茶のカップも洗わないで私のコレクションに加えたり。エディアルド様の寝顔は可愛らしくて、飽きもせず眺めていましたわ。うふっ」

「もう少しで、お婿《むこ》にいけない体にされるところだったのだ！」

「実は勇気を出して、それも、考えたのですが……」

エリーザ嬢はうつむき、大きい瞳で瞬《まばた》きを繰り返す。

「でっ、でも……!!　わ、私は、そんな大胆なこと、できなくって……」

エリーザ嬢は恥じらいながら、頬を染めて両手で隠しているけれど、大胆って……どこまでが大胆で、どこまでは大胆じゃないのだろう。彼女の物差しがよくわからない。

奇妙な沈黙が周囲を包んだ時、総指揮官殿が兄上殿に近づき、その肩を軽く叩いた。

珍しいスキンシップの光景だ。兄上殿は嬉しそうに総指揮官殿を見つめる。

そして総指揮官殿は一言、言った。

「――お似合いだ」

「弟よ！　それは兄はさすがに悲しいぞ！　一緒にしないで欲しい兄心《あにごころ》を理解してくれ！」

「理解出来た事がないのでわからん」

「エディアルド様とお似合い……」

その横でエリーザ嬢はうっとりと繰り返しつぶやいている。

兄上殿は意を決したように顔を上げて、叫んだ。

「はっきり言おう！　正直、監視されているみたいで気持ち悪いのだ！」

兄上殿が女性に対して強い口調で言うのを初めて見た。私は驚いてしまったのだが、エリーザ嬢は違った。彼女はまるで聞こえていない様子で微笑む。

「うふ。まあエディアルド様、せっかくいらっしゃったのですから、ゆっくりしていって下さい」

「ゆっくりしていかない！」

「今、紅茶をご用意しますわ」

「飲まなあぁぁぁいいいい!!!」

そう叫んだ兄上殿は、エリーザ嬢にがっしりと腕を掴まれている。

呆然として見ていると、兄上殿は総指揮官殿に視線を投げかける。助けてもらいたいという、期待に満ちた輝きの眼差しだった。

総指揮官殿は呆れたように軽くため息をつくと、二人のいる方向へ足を進めた。

兄上殿はまるで助けを求める子犬のごとく瞳を潤《うる》ませ、尻尾を懸命に振りながら総指揮官殿を見つめている。

そして総指揮官殿は、二人の近くまで来ると立ち止まった。

「――上着」

一言つぶやき、ベッドの端にかけてあった自分の上着を手にすると、颯爽《さっそう》と踵《きびす》を返した。

すがるように何かを叫ぶ兄上殿を華麗に無視した後、総指揮官殿は私を部屋から連れ出した。

もちろん、兄上殿はおきざりで——

なんだかどっと疲れが出た。

帰り道は兄上殿と乗ってきた馬車に、総指揮官殿と乗って帰る。けど、いいのかしら？兄上殿の帰りの足がないのでは……

心配して総指揮官殿を横目で見てみたけれど、無言で馬車に乗るように急《せ》かされた——気がする。

あ、兄上殿の帰りは知らないって事ですね。

結局はお見合いも、エリーザ嬢が仕組んだことだった。これも全ては兄上殿と親しくなりたいがためだという。手段を選ばないほど強引で屈折している愛情表現だけど、エリーザ嬢が兄上殿のことをすごく好きなのだと感じた。

でも……総指揮官殿に手を引かれるまま部屋を出て来たけど、あれで良かったのかしら。

気の抜けた私は、背もたれに寄りかかり息を吐く。

目の前に座る総指揮官殿は、腕と足を組み私を見つめていた。無表情だが、何かを考えている様子だ。眉間に少し皺《しわ》が寄っている気がするので、何となく不機嫌なのでないかと思う。

そりゃそうか。女性にモテる兄上殿の、とばっちりを受けたんだものね。

「総指揮官殿もお疲れ様でした」

「……」

「屋敷に戻ったら、ゆっくり休んで下さい」

「――謝罪しなければいけない事がある」

総指揮官殿の低めの声を聞いた瞬間、ドキリとした。彼が私に謝ることなどない。むしろ、今回勝手に首を突っこんだ私の方が先に謝罪しなければいけないのに――

そう思っていたら、総指揮官殿はゆっくりと口を開いた。

「今朝は仕事に送っていけずに悪い事をした」

「え？　い、いえ」

そこ？　気になるポイントはそこなの？

話が続かずに、沈黙が落ちる空間に居心地の悪さを感じる。総指揮官殿は真正面から私を見据えたままだ。

姿勢を正して、何かを考えている顔つきは、まるで彫刻《ちょうこく》みたいな美しさだ。どっちが先に口を開くかの我慢比べみたいだ。

何を言うべきかと悩んでいると、意外にも先に口を開いたのは総指揮官殿だった。

「――何故……」

「はい」

「兄と一緒にいたのか――」

腕を組んだまま真剣な顔で聞かれたので、つい尋問されている気持ちになり、反射的に姿勢を正して返事をしてしまった。

「それは……総指揮官殿がお見合いをすると聞いたので、邪魔にならないよう屋敷を出て行くべきか悩んで、兄上殿に相談していたのです。でも、結果的に邪魔してしまってごめんなさい」

私は頭を下げて謝る。総指揮官殿の反応を見るのが怖かったけれど、確認したくて恐る恐る顔を上げた。そこには、ほんの少しだけ顔を歪《ゆが》めている彼がいた。まるで、何を言っているのだ、と言わんばかりだ。いつも無表情な総指揮官殿にしては珍しく、考えがわかりやすく顔に出ていたので驚いた。

少しの間沈黙が続いた後、総指揮官殿は静かに口を開いた。

「もし出て行ったら、全力で捜す。以前のように生ぬるいやり方はしない。総指揮官という自分の立場を利用してでも、草の根をかき分けてでも必ず見つけ出す」

え？　いったい何を言っているのだろう。

呆気に取られていると、総指揮官殿はなおも続けた。

「――今回の件は特殊任務だと思っていた」

総指揮官殿の視線は私から外れる事がなく、揺るがない。私はその瞳に魅入《みい》られたかのように、彼の低音の声を聞いていた。

「あなたを不安にさせてしまい申し訳なく思う」

軽く頭を下げた彼を見て、私は慌てた。

「いいえ、私も……。ちゃんと確認もせずに、先走った行動に出てしまってごめんなさい」

だから顔を上げて欲しいと告げると、彼はゆっくりと視線を上げた。

薄い青の瞳と混じり合わさる私の視線。その瞳は、吸い込まれそうなほど綺麗だ。

そのまましばらくの間、見つめ合う。彼の唇が開いたと思った瞬間、穏やかな声が私の耳に入ってきた。

「大切なのはあなた一人だ。……ケイト」

彼の思わぬ告白に、全身が緊張して固まってしまった。

大切って……総指揮官殿が私を……？　それに私のこと、ケイトって………

自分の名前を、初めて呼ばれたことに気付く。驚きに目を見開いた私の瞳に映るのは、総指揮官殿のいつもと変わらぬ冷静で無表情な姿。

だけど、その瞳から感じるのは真剣な想い。冗談なんて決して言わない人だから、嘘ではないとわかる。

総指揮官殿に大切だって言われた……！　私の事、す、好きだと受け取っていいのかな……？

どうしよう、冷静な彼の態度とは反対に、めちゃくちゃ動揺している私がいる。驚きすぎて声も出ない。

だけど、嬉しい。

素直にそう思った途端、言葉の意味を徐々に実感してきて、体全体が熱を持ったように熱くなった。嬉しくて胸が高鳴って、気持ちがどんどん舞い上がる。手を口に当て、喜びで叫びそうな自分を必死で抑えた。

私のあまりの動揺ぶりを見たためか、総指揮官殿が静かに口を開く。

「――今までの自分の態度を見て、すでに知っていると思っていた」

「え？　態度!?」

総指揮官殿があまりにも予想外の事を言い出したので、思わず大きな声で聞き返してしまった。

彼の態度で、私への好意がばれていると思っていた？

女性として好意を持ってくれていたなんて今までまったく感じた事などなかったよ！

優しい人だと思ってはいたけど、さすがにそこまでは読めなかった。そこまで自惚《うぬぼ》れてはいなかった。

呆然としている私の顔を見て、総指揮官殿は黙ったままだ。

「……」

「……」

しばらくの沈黙の後、微妙にすれ違っている私たちがなんだかおかしくなって、思わず笑みがこぼれた。そしてふと、思った事を口にする。

「もっとお互いに分かり合いたい——そう思います」

総指揮官殿は真正面から私の視線を受け止めて、そのまま一つうなずいた。

そう、全てはこれから。お互いに分かり合う努力をすればいい。

時にはすれ違ったり、はたまたケンカしたりもするかもしれない。

だけど、それでもいいじゃない。ケンカもお互いをよく知る第一歩になるかもしれないでしょ？

心臓がまだばくばく言っている。顔も真っ赤だろうけど、私も勇気を振り絞って自分の気持ちを口にした。

「私も大切な人だと思っています。……ア、アリオス……さん」

私が頑張って口にした台詞《せりふ》を聞いても、総指揮官殿の態度は少しも変わらず無表情。

だけど——

そう思っていた時、ふっと、頬をゆるめ、目を細めて笑ったのだ！

総指揮官殿が不意に見せたその笑顔に、心臓がさらに高鳴る。

ああ、私は総指揮官殿が——目の前の彼が好きなのだと改めて実感した。屋敷を出るのを悩むとかじゃなく、それ以前に他の女性とお見合いなんてして欲しくなかったのだ。私がずっと彼の側にいたくて、だけど口にするのは恥ずかしくて、悩んでいたのだ。

改めて気付いた自分の気持ち。自分の気持ちに素直に向き合うのは大変な事だと思っていたけれど、やってみたらほら、そう難しい事ではなかったわ。

素直に自分の気持ちを認めた後、私の心は軽くなった。それと同時に馬車の中の空気も軽くなったと感じるのは気のせいではないだろう。

嬉しくなって、私は自然と笑顔になる。すると総指揮官殿が口を開いた。

「その笑顔に癒《いや》されている」

「え」

「いつも側で笑っていて欲しい」

「――はい」

はっきりと言い切った総指揮官殿の言葉に胸が熱くなりながらも返事をした。

「結果的には兄に感謝すべき、なのか――」

空を仰《あお》ぎ、珍しく感謝の言葉を口にする総指揮官殿。その言葉を兄上殿に聞かせてやりたい。

「……私も兄上殿には感謝しています」

今回のエリーザ嬢の件も、きっと何らかの考えがあって最後まで黙っていたのだろう。暗く沈む私を明るく励《はげ》ましてくれた兄上殿。総指揮官殿とは違った魅力を持っている人だと思う。

兄上殿が明るい太陽のイメージなら、総指揮官殿は落ち着いた月のイメージ。対照的な二人だけど、優しいという根本的なところは似ているんじゃないだろうか。

「だから、たまには兄上殿にも優しくしてあげて下さい……ね」

そう言った瞬間、それまで冷静だった総指揮官殿の片眉がわずかに動いた。

返事に戸惑っている様子を見せた彼を見て、思わず笑みがこぼれる。

最初の頃と比べて、だんだんとわずかな表情の変化を拾えるようになってきた。

こうやって、徐々にいろいろな表情を見せてくれたらいいな——

いまだに返事に渋る総指揮官殿の顔を見て、私はそんなことを思ったのだった。

8　花祭りで贈る花

「もうすぐ花祭りがあるのよ！」

そう聞いたのは、食堂に配達に来た花屋の子から。

もうすぐ街のいたるところに花を飾って街を活気付けるという、花のお祭りがある。

この街は花の栽培が盛んなので、その特色を生かして一番花が綺麗に咲くこの時期を狙って行われる催《もよお》しらしい。

人が集まると、それだけお金も動くし活気も出るので、街の人たちはこういう行事が大好きなのだという。

花祭りには広場で青空市が開かれ、花を売る人達がたくさん集まる。隣街からも商人の出店があるというから、珍しいお菓子や雑貨品も店に並ぶかもしれない。

それに一番の目玉は、この日のために広場に建てられた高い塔みたい。塔は花で飾られ、上に登ると街を見渡すことができるらしい。そしてその塔の上にある鐘《かね》を恋人同士で鳴らすと、永遠に結ばれるという言い伝えがあるんだって。

塔ってどれぐらい高いのかしら!?　好奇心がどんどん湧き上がってくる。もちろん見てみたい。

開催中は女性は頭や耳元、男性は胸など、体のどこかに花を飾るらしい。身につける花は贈り物がベストなのだとか。もちろん、家族からでもいいし、友人同士で贈り合ってもいい。

けど、一番は恋人同士で贈り合って、一緒に祭りを回るのが女の子たちの夢なんだって！

行ってみたいな――そう思ったら、総指揮官殿の顔が浮かんできて、途端に赤くなる私。

何、照れているんだろ、私ってば。別に総指揮官殿から祭りに誘われたわけでもなんでもないのに。

そもそも、総指揮官殿も花祭りのことぐらい教えてくれてもいいのにな。

まぁ、言わないところが総指揮官殿らしいけどね。

待った。

——じゃあ、夕食の時に話題に出してみようかな？　もしかしたら誘ってくれるかしら？　なんて淡《あわ》い期待を持ちながら、夜が来るのを待った。


二人でとる夕食時。いつものように無言の総指揮官殿を前にして、先に口を開くのは私だ。

「来週は花祭りがあるそうですね」

私は自分から花祭りの話題を出す。総指揮官殿は私のわくわくした様子とは正反対で冷静な様子。ワイングラスを傾けて、黙ったままうなずいた。

「花屋の子から聞きました。広場の中心には高い塔を建てるらしいですね。そこにたくさんの花を綺麗に飾るって！　毎年選ばれた花娘がその塔に上り、上から花びらを広場にまくのでしょう？　その花びらを浴びると願いが叶うって聞きました。それに広場には青空市が開かれて活気があるって！」

やはり興奮が抑えられず、頬が熱くなる。

行ってみたい！　ぜひとも行きたい！　こんな一大イベントを逃してなるものかっ！

フォークをメイン料理のお肉に刺したまま、私は思いを伝えるべく口を開いた。

「行ってみ――」

「街の治安のため警備がある」

……ですよね!!

総指揮官殿が直々《じきじき》に警備にあたる訳ではないだろうけど、部下達のお仕事中に上司が花祭りを見て回っていたなんて、示しがつきませんものね……。

あきらかにがっくりと肩を落とした私を、総指揮官殿はワイングラスを片手にしばらく黙ったまま見ていた。表情は動かさず手元のワイングラスだけを回して何かを考えている様子。

しばらくすると、彼はゆっくりと口を開いた。

「どうしても回りたいのなら、部下に命令して――」

え?

それは部下と一緒に花祭りを楽しめということ?

私は一瞬、耳を疑った。そして思いっきり顔をしかめた。

もしもし、総指揮官殿。私がただお祭りに行きたいだけだと思っています? 私は一緒に行く相手が誰でも良い訳ではないのよ。

反論しようとして総指揮官殿の顔を見つめるが、別段悪びれた様子もなく、黙って私の顔を見つめていた。

本音は、総指揮官殿と花祭りに行きたい。けどお仕事だから無理は言えない。だったら雰囲気だけでも味わいたいと思う。かと言って全然知らない部下と一緒に回るのは嫌だ。

そこで私は名案を思い付いた。

「あ、それなら。兄上殿が——」

一緒に行ってくれるかしら？　楽しい事が大好きな兄上殿なら喜んでついてきてくれそうだし、それこそ総指揮官殿が頼んだら、涙を流して狂喜乱舞しそうな気がするわ。

そう口にしかけて途中でやめた。だって、表情こそ変わらなかったけど、兄上殿の名を出した瞬間、総指揮官殿が嫌そうな空気を醸《かも》し出したのだ。それに兄上殿もお仕事で忙しいと思うので、邪魔しちゃいけないいか。

あーあ。みんな仕事かぁ……

「……やっぱりいいです。何でもありません」

そういえば、おかみさんが花祭り当日は広場までワゴンを引っ張って行って、パイを販売しようかとか何とか、おじさんと相談していたな。私にも予定があるだろうと遠慮してなのか誘われなかったけど、総指揮官殿と一緒に行けないなら、私も仕事を手伝おうかしら。そして幸せそうにお祭りを回る人達を見て、パナットパイをやけ食いしてやる～！

総指揮官殿が仕事ならしょうがない。あきらめましょう。

……なんて、表面上は物わかりのいい振りをしても、心の中では――

総指揮官殿のわからずや！　真面目人間の仕事虫!!

『私と仕事どっちが大事なの？』とか、そんなベタな事を聞いたら『仕事』と即答されそう！

そうよ、どうせ、私なんてその程度さー！

思っても絶対口にはできない言葉の数々を頭の中で並べる。

と思いつつ、どこかあきらめきれないため息をついて、お肉を口に入れた。

そうして迎えたお祭り当日。

天候にも恵まれて、風が気持ちいい。今日の花祭りは、きっと賑《にぎ》わうことだろう。

総指揮官殿は朝早くから出掛けたらしい。花祭りが始まる前に警備の確認などがあるのだろう。

実は今日、広場でパナットパイの売り子をすることを総指揮官殿には言っていない。

別に秘密にしている訳じゃないけど、ちょっとした反抗心ってやつだ。我ながら心が狭いとは思ったものの、別に聞かれてないからいいのだ！　一緒に行けなくても、お祭りの雰囲気だけでも味わってやる！

そんな闘志を燃やしながら、いつもより早めに食堂に向かった。

「じゃあ、よろしくね」

「はい。行ってきます」

私が手伝うことを告げると、おかみさんは喜んでくれたが、それと同時に心配もされた。

「いいのかい？　お祭りを楽しまなくても」

「大丈夫。雰囲気を味わうだけで、十分楽しめそうですから」

いいんだもん！　今日は私一人でも楽しんでやるからね！

ワゴンに焼き立てパイを積み、準備万端で広場まで進む。向かう途中の道のりは、花売りの人々であふれていた。ちょうど今の時間が稼ぎ時なのだろう。ワゴンで移動しながら花を売る人、その場でお店を開く人、花いっぱいのかごを手に持って歩き売りする人など様々だ。

「一本どうですか？」

声をかけられて振り返る。

見れば私より少し年上のお姉さんが、ワゴンで花を売っていた。お姉さんは私と目が合うと、にこにこと花の説明をしてくれた。

ワゴンの中は色とりどりの花が飾られていて、つい見惚《みと》れてしまう。

「すごく綺麗な花が多いんですね」

「花祭りだもの！　この日のために栽培する花もあるのよ」

お姉さんは笑いながら話してくれた。

「もしかして花祭りは初めてなの？」

「ええ、そうなんです」

「それはぜひ楽しまなきゃ！」

お姉さんは張り切って腕まくりまでして、さらに詳しい説明を始めた。

「贈る花にもいろいろ意味があるのよ。この赤いローザネットの花は『一途《いちず》に愛しています』。紫のパピニオンの花は『あなたに魅力があります』。オレンジのオーレピリアは『元気いっぱい』ね。他にも『憧《あこが》れています』や『ほのかな恋心』なんていう花言葉もあるのよ」

「すごい。いろいろな意味があるんですね」

私は感心して言う。

「そりゃ、そうよ。人にはいろいろな想いがあるからね。だけど、それを全部伝えようとしたら、ここにある花の種類なんかじゃ到底足りないわ。だから一番近い気持ちの花を贈るのよ」

一番、伝えたい気持ち……

黙り込む私を見て、お姉さんは笑顔を向ける。

「もう大切な人には贈ったのかしら？」

そう聞かれて、私は正直に首を横に振る。

「もし花を選べないなら……そうね、相手に対する気持ちを言葉にしてみて？　私がふさわしい意味を持つ花を選んであげるから」

そんな！　いきなり気持ちを言えとか言われても、焦るし照れる。

お姉さんは挙動不審な私の様子を見て、何かを察したらしい。

「恥ずかしがるってことは、恋愛の好きって意味に間違いないわね」

「えっ……！」

「相手の特徴からイメージすることってない？　例えば、元気な人とか、楽しい人とか……。あなたから見てどんな感じの人？　言ってみて！」

私はとっさに総指揮官殿のイメージを伝えようと口を開く。

「えっと……元気……だけど、元気じゃないです」

しかし、いかんせん伝えることは難しい。首をかしげるお姉さんに慌てて訂正する。

「いや、無口で無表情で必要な事以外は口にしないというか……いや、待てよ。必要なことでもたまに言わなかったりして……」

私が必死に説明しようとすると、だんだんおかしな方向へいくのでどんどん焦る。

「ええっと、そうじゃなくて！　落ち着いた雰囲気で、真っ直ぐな性格で、尊敬出来る人で……」

好きだなんて、そんな事恥ずかしくて言葉に出来る訳がない。

「そっか。じゃあ、これなんかどう？」

言葉にしなくても、お姉さんは私の態度で全てわかったようだ。彼女は、ワゴンの右端にある花を指差した。

「薄青色の花のブランケージ。花言葉は『敬愛』よ。意味はそのまま、『尊敬して親しみの心を持っています』。それとも、こっちがいいかしら？　淡《あわ》い桃色のピジューンは『淡い恋心』よ」

ブランケージの花びらは薄い青で、総指揮官殿の瞳の色に似ている――

「それとも大胆にこっちはどう？　真紅《しんく》色のレッドバランには『情熱的に身も心も愛し

て』という意味があるの」

「む、無理です！　こっち！　この薄青色の花をください！」

「あら、残念。一押《いちお》しはレッドバランだったのに。けど、ブランケージも素敵よ。きっと喜ぶわ」

うふふと、笑って勧めてくるお姉さんに、からかわれながら花を選んだけれど――

無理無理無理！　冗談でも渡せない！　というより、そもそも冗談なんて通じないお方《かた》ですから！

お姉さんは笑顔で花を包んでくれて、私に手渡す。

「うまく渡せるといいわね」

「ええ。ありがとうございます」

なんて、そんなことを言ってみたけど本当は無理だとわかっている。

このお祭りは、朝早くから夜遅くまでかかるだろう。部下に任せて自分だけさっさと帰るような人ではない。だから今日、総指揮官殿にこの花を渡すことはできないのだ。

私がここで花を買ったのは自己満足。けど、それでもいい。

このお祭りの雰囲気を、私も一緒になって楽しみたいから。

「毎年花祭りの時期はこの場所で花を売っているから、来年はレッドバランを買ってね～！」

「むっ、無理です！」

帰り際までお姉さんにからかわれて顔を赤くしながら、広場へと向かった。

＊　＊　＊

今日は花祭りだ。

毎年の事ながら、この祭りの時期はもめ事が増えるので、少々煩《わずら》わしい。

青空市なる催《もよお》しが行われるが、広場のスペースをめぐって小競り合いなどもある。たかが場所とも思うが、彼らも生活がかかっているのだ。争いの火種にもなろう。

広場には様々な種類の花で飾られた塔が建てられ、街全体が花の香りに包まれている。

今日一日が終われば崩されてしまう塔だが、毎年、見事な造りだと感心してしまう。

「素晴らしい花の塔ですね」

レスターは感心したような声と共に、眩《まぶ》しそうに花の塔を見上げる。

「今年もこの広場を中心に賑《にぎ》わいを見せるでしょう。特に恋人達にとっては心待ちにしているイベントですからね」

レスターの言葉を聞いて何かが引っ掛かり、足を止めた。

「今年の祭りはケイト殿も楽しみにしていた事でしょう」

楽しみ――?

その言葉を不思議な気持ちで聞き、自分はレスターの顔を見据えた。

それと同時に、彼女から祭りの事を聞かれた夕食の時を思い出す。自分が仕事だと告げると、あきらかに意気消沈した様子を見せた。

その時は何故そのような態度になるのか、内心首をかしげていた。自分が仕事に行くのは毎日のことなのにどうしてなのか。

レスターに言われた台詞《せりふ》を反芻《はんすう》する。そしてはたと気付いた。

もしや、彼女は祭りを楽しみにしていて、自分に案内を頼みたかったのか――!?

そういえば、彼女にとってはこの世界にやって来てから初めての花祭りだ。世間一般の女性のように、この催《もよお》しを心待ちにしていたのだとすれば、あの時の不機嫌さも納得がいく。

気付くのが遅れた自分に苛立《いらだ》つと共に、彼女に申し訳なく、心苦しく思う。そして後悔だけが残る。

今から屋敷に戻り、彼女を連れてくるか――

いや、駄目だ。自分には重要な任務がまだ残っている。その任務を放棄する訳にはいかない。

それに連れてきたとしても、誰が側にいるのだ。自由に花祭りを見て回らせるのも心配だ。

何故なら、華やかな催しで活気付く一方、いざこざが多いのも事実だ。祭り気分で盛り上がるのはいいのだが、他人に迷惑をかける人物も多いので注意しなければならない。特にこの広場では、女性に声をかけている男性をよく見かける。下心丸見えの男が多いので、やはり彼女をこの場に連れて来るのはやめようと判断する。

確か花祭りとは、花を贈る催しだったはず。

広場を見渡すと、どこもかしこも花であふれていた。

自分は一番近くで花を売っていたワゴンへと近づいた。レスターもそれに続く。

その店の店主は自分達が近づくと、慌てて座っていた椅子から立ち上がった。

「い、いらっしゃいませ！　騎士団のお偉い様方……!!」

そう固くなることなどないと、レスターが伝えるが、注意されると思ったのかもしれない、動揺して目を泳がせている。やれやれ、と肩をすくめて一言告げる。

「――花が欲しいだけなのだが」

店主は途端に我に返った。

「はっ！　はい！　ちなみにどの花を……？」

ワゴンの中を見てみると、黄色のイメリアが目についた。

この花は香りもきつくなく、薄い黄色は彼女の元気な印象と重なる。原色の派手さより、淡《あわ》い色のほうが彼女らしい。花言葉も記憶にあるが、まさに贈り物として相応《ふさわ》しいと思いながら、その花を指差した。

「イ、イメリアですね。……ちなみに贈る相手は恋人……でしょうか？」

どこか探るような物言いの店主に、つと視線を向けると、弾かれたように姿勢を正した店主がいた。

「よ、余計なことをお聞きし――し、失礼しました!!」

早口で叫び、すぐさま贈り物用に丁寧に包んでくれた店主に、心の中で感謝した。

やはり、わかってしまうか。

なるべく冷静に花を選んだつもりだったが、店主の目から見たら、自分は花祭りに浮かれた、ただの男に映るに違いない。店主は、自分と同じく誰かに想いを馳《は》せながら花を選ぶ男をたくさん見ているはずだ。自分の照れ隠しも、全てお見通しなのだろう。

しかし、こんな調子ではいけない。

花祭りはまだ始まったばかり。自分には責任重大な任務が一つ、残されているのだから。

「――では行くぞ」

長いマントをひるがえし、気合を入れる。

去り際に礼のつもりで店主に視線を投げると、店主は深々と頭を下げて見送っていた。

広場を歩いている間、花の香りに交じり、彼女が好んでよく食べている甘いパイの香りを一瞬感じたのは気のせいだったか――

＊　＊　＊

「焼き立てのパイはいかがですかー！」

エプロンをつけ、髪はまとめて一つに結び、準備万端。

広場の活気あふれる中、私は声を張り上げる。

『花と甘いパイの香りが漂《ただよ》う広場で、綺麗な花を見ながら甘くて美味《おい》しいパイを食べる』。いいコラボだと思うんだけどなぁ。皆さん、おひとついかがかしら？

「ひとつ頂くわ！」

可愛らしい声が聞こえたので視線を向けると、アルビラがお供の人達を連れて近付いてきていた。

「おはよう、ケイト」

「アルビラ。おはよう！」

「総指揮官殿は別のようね」

そう言ってアルビラは周囲をきょろきょろと見回す。私と総指揮官殿が一緒に花祭りを回るんじゃないのかと思って、私を探しに来たんだって。

「抜け駆け禁止よー！」

「大丈夫よ。総指揮官殿はお仕事で忙しいみたいだから」

心配ご無用と伝えるが、私の言い方には多少、総指揮官殿に向けての棘《とげ》があったかもしれない。

「なあんだ。今年はもしかして、ケイトと一緒に花祭りに参加してるかな〜と思って期待して来たのに」

「ごめんね、ここにはいないわ。期待してたの？」

「私だって一緒に回りたいもの！　総指揮官殿とケイトと……って、別にケイトはい、い、いらないけど!!」

嘘ばっかりー。アルビラってば素直じゃないんだから。頬が少し赤くなっているぞ。

思わぬアルビラの本音を知って、私も嬉しくなる。

「……ケイトも今日はお仕事なのね」

「ええ、そうよ」

残念そうな顔で少しうつむいた後、アルビラは勢いよく顔を上げた。

「そっか。じゃあ、私も手伝うわ！」

「えっ⁉」

気持ちはありがたいけど、アルビラを手伝わせては申し訳ないと思う。いいところのお嬢様だし、お供の人達にも申し訳ない。

「お父様もいろいろ経験するのはいい事だ、って常日頃からおっしゃっているわ」

「でも――」

「手伝うのー‼」

駄々をこねて地団駄《じだんだ》を踏み始めたアルビラ。どうしようかと悩んだ結果、私は根負けした。

「じゃあ、手伝ってくれる？」

「うん‼」

そうして私は、予備に持って来ていたエプロンの裾を少し折ってアルビラに着せた。これで丈《たけ》の長さはちょうどいい。アルビラのサラサラの髪の毛もゴムでしばって、頭にはスカーフを巻く。

ほら、可愛い売り子さんの出来上がり。

エプロンをつけるのは初めてなのか、アルビラは嬉しそうにその場でくるりと回った。スカートとエプロンが風にふわりと舞ったことに満足すると、アルビラは私の隣に並んで声を張り上げる。

「焼き立てのパイはいかがですかー！」

「いかがですかー！」

アルビラも張り切って、大きな声を出して売り子に徹した。

売り上げは上々で、お客がたくさん集まってきて次から次へと売れた。一人だったら、てんやわんやで祭りの雰囲気を楽しむ余裕すらなかったかもしれない。アルビラが手伝ってくれて本当に助かった。

素直にアルビラに『ありがとう』と伝えると、アルビラははにかんだように、『えへへ』と笑った。

「この姿を総指揮官殿が見たら、褒《ほ》めてくれるかしら」

「そうね。可愛いって褒めてくれると思うわよ」

「だってほら、いつもと違う格好を見ると、男の人はドキッとするのでしょ？　お父様がそうおっしゃっていたわ」

毎度のことながら、アルビラのお父様って、いったいどんな人なんだろうか……

お昼を過ぎてもパイの売れ行きは好調だった。さすがお祭り、稼ぎ時だわ。私たちは張り切って声を上げる。

やがて、ワゴンに一人の男性が近づいて来た。服装からして一目で騎士だとわかる。

「いらっしゃいませ！　おひとついかがですか？」

騎士の男の人は、私の顔をずっと見ていた。

「……？」

何だろう、私の顔に何かついているのかしら。

「この花祭りの日に売り子だなんて、一緒に祭りに行く人はいないの？」

「……え？」

何これ。もしかして私、初対面の男の人に同情されている？

「いえ……。けど仕事ですので」

「俺なら仕事なんてそっちのけで、祭りを見て回るけどな」

この人はいったい何を言いたいのだろう。よくわからずに黙り込む私に、彼は続けた。

「で、仕事はいつ終わるんだい？　もし良かったら、それから一緒に回らないか？」

「無理です。知らない人とは……」

一応騎士団の服装をしているけど、第二ボタンまで外しちゃって、どこか浮ついている感じがする。

それに、胸についている紋章の色でわかったけど、まだまだ新米のようだ。紋章の色は階級によって違うらしい。男の人の紋章は青い色。街中でよく見かける色——つまりまだ下の階級の騎士ってことだ。

ちなみに、総指揮官殿の紋章は光り輝く金色だ。総指揮官殿以外に、その色の紋章をつけている人を見た事がない。

肩をすくめる私に気付いているくせに、男が一歩近付く。

「いいじゃないか」

笑いながら、私の肩に触れてくる男の人から離れようと一歩下がる。

気軽に触るな、このチャラ男！　買う気がないなら正直帰って欲しい。そして人の話を聞けー!!

心の中で叫んだ瞬間、先日の総指揮官殿の台詞《せりふ》を思い出した。

『部下に命令して——』

もしかして総指揮官殿が手配した部下ってこの人？　歳も近いし、話しやすいだろうと思って、私の案内役に任命したの？　ちょっと慣れ慣れしすぎるけど。

困惑しながら、どういった態度を取るべきか悩んでいると――

「何をしている！」

聞き慣れた声が怒りを含んだトーンで私の耳に入ってきた。

助かった、神のお声！

振り返ると、険しい顔つきのレスターが仁王立ちしていた。

そしてそのまま男に向かい、厳しく詰問《きつもん》する。

「警備中にいい度胸だな。部隊と名を言え!!」

「はっ……はい！　自分は第五部隊のジェイムスです」

「第五部隊……サーベルのところか」

「は、はい！」

厳しい声で相手を糾弾《きゅうだん》するレスターの姿は、いつもの様子とはまるで違っていてびっくりした。

名を聞かれたジェイムスという男は、先程までの軽い様子とは打って変わって真剣な表情になる。心なしか顔色が悪い。

レスターは男の名を聞くと、今度は私と向き合った。しかしその態度に、先程までの厳しさはない。

「ケイト殿、いったいここで何をしていらっしゃるのですか」

「売り子です」

「またあなたという人は……」

レスターは私とアルビラを見て、ひとつため息をつく。

「いいですか。ここには浮ついた心を持った男が大勢います。急いでお帰り下さい」

「でも……」

「あなたに何かあっては、あの方に顔向けできません」

「なんでよ！　レスターのケチ！」

急に叫んだのはアルビラだった。そしてレスターに小さな足でキックを繰り出す。

「アルビラ様も、そろそろお昼寝の時間でしょう。それにお供の方々も困っていますよ」

レスターは涼しい顔でキックを上手くかわしながら、アルビラをなだめる。

そうなのだ。実は側で見守っている、アルビラのお供の方々の視線がそろそろ痛い。

「けど、お祭りのおかげで、せっかくよく売れてるのに……」

もうちょっとで全部売れそうなのよ、と声にした瞬間、レスターは小さくため息をついた。

「……わかりました。自分が全部買います」

ええ！　レスターまさかの太っ腹宣言！　甘党だと知ってはいたけど、まさかここまでとは！

その台詞《せりふ》を聞いた瞬間、アルビラはレスターへのキック攻撃をピタリと止めた。そうして、少し首をかしげて上目遣いで微笑んだ。

「ありがとう。レスターって優しいのね」

うわ、可愛さの中にも、どこかセクシーさを感じるアルビラの小悪魔のような笑み。アルビラのお父様の教育の賜物《たまもの》ね。今からこれでは、将来どうなるんだろうと思うけれど。レスターも同じ事を思ったのか苦笑している。

それからレスターは硬直しているジェイムスと向き合う。

「今回の件は、私からサーベルに伝えておく。市民の身を守る役目を放棄して、浮ついた行動に走るとは何事だ」

「……はい」

レスターは、厳しい口調でジェイムスを叱る。

そりゃ、勤務中に女性に声をかけていたら、怒られるわよね。

「しかし、見つけたのが私で感謝するのだな」

「……はい」

「もし、今回の件を見つけたのが総指揮官殿だったら——私はお前に心底同情するよ、ジェイムス」

総指揮官殿の名前を聞いた瞬間、ジェイムスの顔色はますます青くなった。

次にレスターは、私とアルビラに顔を向けた。

「では、パイは完売ですので、パレードを見たら屋敷にお帰り下さい」

「え？　パレード？」

私は驚いた声で聞き返すと、レスターも驚いた顔をした。

「パレードを見に来たのではないのですか？」

それは初耳だ。私は首を横に振る。

「今からパレードが始まるのですが、それに総指揮官殿も参加しますよ」

えっ!?　それも聞いていない!!

口を開けて驚く私にレスターは説明してくれた。

「毎年この時期に花娘が選ばれます。その花娘は塔に上り、上から祝福の花びらをまくのです」

それは知っている。花屋の子から聞いたもの。

「その塔に上るため、花娘は馬車に乗ってパレードで広場まで来るのですが、その側で護衛するのが総指揮官殿です」

「ええっ？」

それは、お祭りの中でも結構な花形ではないか。何故教えてくれなかったのだろう。

「パレード中も花娘目当てで急に飛び出してきたり、パレードを妨害しようと物を投げつける輩《やから》もいないとは限りません。だからこそ、我ら騎士団も街の警備にあたり、目を光らせているのです。総指揮官殿が花娘の側に立つのはある意味、牽制でもあります」

「牽制？」

「ええ。実際過去に妨害にあって中断した年もありましたが、総指揮官殿が警護するようになってからは、変な輩は出てこなくなりました。過去に他の男性もその任を担《にな》ったのですが、やはり総指揮官殿が一番効果があります」

「どういうこと？」

「やはり、総指揮官殿の放つ雰囲気は周囲を圧倒するということでしょうか」

誇らしげに胸を張って言うレスターの瞳は、尊敬の念で光り輝いている。

そんなことを聞いたら、絶対見たいに決まっている！

「行こう、アルビラ!!」

「うん!!」

隣で店を構えていた花屋の子に、少しワゴンを見ていて欲しいとお願いし、私たちはパレードの開催地へ急いで足を向けた。

結構な人混みの中、かき分けて前まで進み、何とか見晴らしいのいい場所を見つけると、急いでそこを陣取った。

「アルビラ、ほら前に来て」

背の低いアルビラを前に立たせて、パレードが自分たちの前まで来るのをドキドキしながら待つ。

しばらくすると、人々の歓声が聞こえてきた。私も身を乗り出して見てみると、花で飾られた馬車が豪華な列をなして道を進んできていた。

一番先頭の馬車に立ち、微笑みながら皆に手を振るのは花娘だ。たくさんの女性の中から選ばれただけあって、綺麗な人だと感動した。そして隣に立つ優しそうな表情の初老の男性は、町長だ。花娘と同じく、手を振ってにこにこしている。

そして、その隣にいるのが――静かに前を見据えている総指揮官殿だった。

正装に身を包む姿は、息を呑むほどかっこいい。

総指揮官殿は、街のみんなが手を振ってもまったく反応せずに前だけを向いていた。

美しい顔立ちと相まって、まるで彫刻《ちょうこく》みたいだ。

花娘も町長も満面の笑みを浮かべている隣で、無表情に側に立っている総指揮官殿。

――笑ってしまった。

知らない人が見たら、怖いとか近寄りがたいとか思ってしまうかもしれないけど、私にとってはごく普通の姿だ。これで笑顔で手を振り返していたら、逆に驚く。

レスターが言っていた通り、こんな人がパレードにまぎれていたら、誰だって悪戯《いたずら》するのは躊躇《ちゅうちょ》しちゃうわね、きっと。

ある意味、最高の護衛だわ。レスターと同じく私も誇らしく感じた。

そうして塔の手前で止まり、馬車から降りる花娘の手を取るのは総指揮官殿の役目。

花娘はにこやかに笑いながら、一歩一歩塔の階段を上がって行く。そしてその横に付き添い、見守る総指揮官殿。

やがて一番上に到着した花娘はかごを手に持ち、空高い位置から花びらを落とした。

――ああ、花びらが舞う。

歓喜の声が上がる。私は花娘の隣に立つ総指揮官殿をずっと見つめていた。

花の香りが漂《ただよ》う広場で、願いが叶うという花びらを浴びながら、総指揮官殿に視線を送り続ける。

——幸せの花びらが舞い落ちる、降り注ぐ、広場にいる私に。

私の願いはずっとあなたと……

共に祭りは回れなくても、同じ場所にいて、同じ物を見られるだけでも心は満たされるんだな。

総指揮官殿の毎年の花祭りのお相手は、花娘なのね。ちょっぴり妬《や》いてしまうけど、それもあなたの重要な仕事ですもの。

皆が祝福の花びらを浴びる中、私は総指揮官殿に向けて大きく手を振った。

だけど、この距離だから気付いてもらうなんて無理だろう。そう思っていても、手を振らずにいられなかった。

彼の瞳が一瞬私をとらえたような気がしたけど、まさかね——

パレードも無事終わったのでワゴンに戻り、帰り仕度を始めた。パイの売り上げは上々。レスターのおかげで完売だし！

お供の人が待っているアルビラは先に帰らせた。お手伝いのお礼として、後でパナットパイをご馳走しないとね！

私はと言うと、お祭りは回れなくてもパレードは見れたし、祝福の花びらも堪能できて、十分お祭り気分を味わったので良しとしよう。

その時、ワゴンを片づけている私の背後から影が伸び、手元が暗くなる。お客かな。

「ごめんなさい、今日はもう売り切れで――」

謝罪の言葉を口にしながら振り返ると、そこにいたのは、先程塔の上で見た総指揮官殿だった。

「あ……」

思わず驚いて声に出してしまった。

総指揮官殿は、何も言わずに私を静かに見下ろしていた。いつものように表情はない。ちょっと違う点は、汗なんてかいて、わずかに息を切らせているということ。ここまで走ってきた事が一目瞭然《いちもくりょうぜん》だ。

パレードが終わって、さっきまで塔にいたはず。そもそも、そんなに急いでどうしたんだろう。

「どうしたのですか？」

「何故、ここに――」

私と総指揮官殿が口を開いたのは、まったく同時だった。

そういえば、私がここでパイを販売することを総指揮官殿に言ってなかった。きっとレスターが伝えたのだろう。

笑いながら、片付けが終わったワゴンを指差した。

「今日はここでパイを販売していました。もう終わったので、今から帰ります」

その時私は、ワゴンの引き出しにしまっておいた、ある物を思い出した。

「ああ、そうだ。これを……」

ここに来る前に購入したブランケージを、そっと総指揮官殿の胸元に挿《さ》す。

白い正装によく似合う薄青色の花。彼の瞳と同じ色だ。

「花祭りですから……ね」

花言葉は『敬愛』。総指揮官殿が花言葉を知っているかはわからないけど、花に託《たく》した気持ちがばれたらと思うと恥ずかしくなってしまう。

顔を上げられずにいると、総指揮官殿がどこからか花を出して、無言で私に差し出した。

それは薄い黄色の花びらが可憐《かれん》で、優しい色合いを持つ花。

出された花を見つめたまま、私の動きは止まった。

もしかして花を買ったってこと？　総指揮官殿が？

きっと走って来る途中、力いっぱい握り締めていたのだろう。包装はぐちゃぐちゃで、リボンが解《ほど》けている。しかし、花は綺麗なままだ。

私のために選んでくれたのだろうか。予想もしていなかったその光景に、つい頬が緩む。

嬉しい――。すごく嬉しいと感じる。

喜びがあふれるあまり感動して動けない私に、総指揮官殿が一歩近づく。そして、私の耳元にその花を挿してくれた。

私の頬に一瞬だけ総指揮官殿の手が触れた。

大きくて固くて、私の手とは全然違う、男の人の手――

その瞬間、頬が熱くなった。これ以上はないほどに近づいた至近距離で、私の心臓は鎮《しず》まる事を知らない。

目の前にあるのは総指揮官殿の広く逞《たくま》しい胸板。彼の顔の位置は、私よりもずっと上なのだと感じる。

私の耳元に花を挿し入れると、ふわりと香ったのは黄色い花の甘く優しい香り。

それと同時に、グリーンシトラス系のすがすがしい男の人を感じさせる香りが鼻に届く。

ああ、いつもの総指揮官殿の香りだ。

総指揮官殿は静かな声を出した。

「共にいられずにすまない――」

……総指揮官殿は気付いてくれたのだ、私の気持ちに。

だから、私ははっきり自分の気持ちを口にする。

「一緒に祭りを見るのは、部下でも他の誰でもなく、あなたが良かったのです。アリオスさん」

私達は言葉が足りなくてすれ違う事も多いけど、そういう時はこうやって言葉にしなくちゃ。

そうしないと、互いに距離がぐっと近くならないよね。

「だけど、今年はいいです。また来年もありますよね」

来年も、きっと総指揮官殿は街の警備にあたるだろう。だけど、それでもいいじゃない。

総指揮官殿はゆっくりと瞬《まばた》きすると、静かにうなずいた。

その時、見つめ合う私達の後方から、突然声がかかる。

「弟！　そしてケイト！」

声の主は兄上殿だった。瞳を輝かせ、笑顔で足早に近づいてくる。

「兄上殿もいらしていたのですか」

「もちろんだとも!!」

そうか、大好きな弟の晴れ舞台に兄上殿が来ないわけはないか。

「この広い場で、二人に会うとは偶然だな！　やはり運命か！　私は弟の素晴らしい晴れ舞台を特等席で見るため、朝早くからここに待機していたのだ！」

兄上殿、自らですか。それも早朝からですか……

いつも思うのだが、兄上殿はいつお仕事をなさっているのだろう。

「素晴らしい晴れ舞台だった！　アリオス・ランバートン、私と同じランバートン家の名を持つ愛する弟よ。最高だ！　ブラボーブラボー!!　何度叫んだことか!!」

「――エディアルド様、おやめ下さい」

いつの間にか、側に来ていたレスターが抗議の声を上げる。

「まったく、お前は……。いいところで邪魔をしてくれるね」

「この場合の邪魔というのは、どう考えても自分ではないと思います」

兄上殿の顔から笑みが消え、厳しい眼差しをレスターに向けた。しかしレスターは動じない。

あれ？　もしかして兄上殿とレスターってば犬猿《けんえん》の仲？

「お前には常々、思うところがあった。いい機会だから言っておこう」

レスターは兄上殿の言葉に耳を傾け、姿勢を正す。

「レスター、お前より私の方が弟に近い存在だ」

レスターは呆れたようにため息をついた後、兄上殿の視線を受け止めた。

「自分だって、尊敬しているこの気持ちは誰にも負けないつもりです」

「ハッ！　何だ、常に側にいるからといって、自分が優位に立ったみたいな発言は。私を不愉快にさせるな」

「自分も、知性的だと評判のエディアルド様が、総指揮官殿の事になると、バ……我を忘れるその思考が理解出来ません」

「バ……なんだ？　その『バ』の次に続く言葉は」

「続きは言えません。失礼にあたります」

「おい、そう言っている時点で私を侮辱《ぶじょく》する言葉だと、容易に想像がつくだろう」

意外にはっきりと自分の考えを告げるレスターと、兄上殿が対峙《たいじ》する。

レスターってば、まるで主《あるじ》を守ろうと、きゃんきゃん吠《ほ》える子犬みたいだわ。

兄上殿は私が聞いたことのないような、冷たく低い声を出した。

「私は兄弟なのだよ。血が繋《つな》がっている。切っても切れない関係なのだ。その点、レスター。君は配属変更になる可能性があるだろう。弟から離れるかもしれない未来が！」

指を差して指摘する兄上殿だけど、レスターも動じない。

「どのような配属になっても、忠誠心は変わらないと誓えます。今は総指揮官殿から直接指導を受け、同じ目的を持ち、共に行動出来る事が自分の喜びであります」

「くっ……！　毎日側にいることをさりげなく自慢するな‼」

「エディアルド様とて、幼き頃の総指揮官殿のご自慢をいつもなさるじゃないですか」

ぎゃーぎゃー言い争う二人だったけど、なんだ、結局二人とも総指揮官殿のことが好きって共通点がある。そんな二人のやり取りを笑って見ていた私は、ふと視線を感じた。

隣にいる総指揮官殿が私を見ていた。何か言いたいことがありそうな雰囲気を察して、それに応えるように首を少しかしげた。

「来年は必ず……少しの時間でも一緒に――」

「……はい！」

総指揮官殿と来年の約束を交わす。ということは、来年の今頃も一緒にいるということだよね。

約束できる人がいるって、なんて幸せなのだろう。私は嬉しくて微笑んだ。

私は先に屋敷に帰ることになった。

帰りは大丈夫だって言ったけど、総指揮官殿が送ってくれた。総指揮官殿ってば、相変わらず過保護だなぁ。

私を送り届けると、彼はまた広場に戻って行った。きっと帰りは遅くなるだろう。広場で一日立っていたり大声を出したりして足や喉は疲れたけど、心の中は温かく優しい気持ちで満たされている。

疲れをとるためにも、帰ってすぐにお風呂に入ることにした。今日は花湯だとアデルは言っていたのでワクワクしながら向かうと、湯船には花びらが浮いていた。花びらの浮かぶ湯に感激し、香りを楽しみながら、いつもよりゆっくり湯船につかる。

部屋に戻ると、マールが私の帰りを待っていたのか、鳴いて足下にすり寄って来た。

「ただいま」

マールの頭を優しく撫で、その毛並みの柔らかさを堪能した。喉をゴロゴロいわせて嬉しそうなマールを見ると、自然と笑顔になる。

窓辺まで近づき、カーテンを開けた。外はもう暗くて何も見えないけど、遠くの方には街の灯《あか》りが見える。

花祭りは夜遅くまで行われると聞いた。きっと今頃、昼とは違った雰囲気で街は賑《にぎ》わっているのだろう。あの灯りのどこかに、お仕事中の総指揮官殿はいるはず。きっと最後まで気を抜かずに、任務をこなしているに違いない。

今年は無理でも、いつかは一緒に……

窓から見える街の灯りに向かい、私はそっと願いをかける。

そして、ベッド脇のチェストの一輪挿しに飾った黄色の花を見る。

「今日はね、この花をもらったの」

なんてマール相手に話しかけてみたりして。

「そうだ！　確かここに……」

私は本棚の分厚い本の中に混じっていた花の図鑑を引っ張りだす。

もらった花の名前は何ていうのかしら？　そして花言葉は？

この図鑑は花の色別に分けられていて、花に詳しくない私でも、とても見やすい。

黄色い花、黄色い花……！

「あった！」

図鑑に挿し絵がついて載っていた。花びらの数や色などの特徴も合っている。

「花の名前は……イメリア」

イメリア。この花はイメリアっていうのか。なんだか可愛い名前じゃない？

可憐《かれん》で優しいイメージと、花の名前が合っている気がした。

そして、肝心の花言葉を知りたくて、ドキドキしながらページをめくる。私の目に飛び込んできた文字は――

『健康第一』

そうして私は目が点になる。

……そりゃ健康は大事だ。大事だけどさぁぁあ。

図鑑まで引っ張りだして花言葉を調べた私を、一気に脱力感が襲う。何を期待したのだろうか。

だけど――すごく総指揮官殿らしい。

そう思うと、次第に笑みがこぼれた。

私はマールと一緒に、ベッド脇に飾ったイメリアの花を見ながら眠りにつく。

幸せな気持ちに包まれながら――

＊　＊　＊

今年の花祭りも懸念していた争い事もなく、大盛況のまま無事に終わった。これでまた一年間、この街は花の加護を受ける事が出来る。

自分は安心するあまり深くため息をつき、椅子に腰かけた。喉元まで留めていたボタンを外し、楽な姿勢をとる。体は疲れているはずなのに、心はすっきりとしていた。

今日は屋敷に帰るには遅い時間だったため、用意された宿の部屋で休むことになった。

窓から自分の屋敷の方角へと目を向ける。ふと、彼女の顔が浮かんできた。

――もう寝たのだろうか。

ふと、自分の胸元に飾られた花を見る。

青いブランケージ。彼女が選んでくれた花。

胸元からその花を外し、手に持つと、ほのかな花の香りがした。

花祭りを共に回る事が出来ない自分のために、わざわざこの花を用意してくれていたのだ。

その気遣いと優しさに、心が震えるほど感激した。

それに、自分も彼女へと花を手渡すことが出来た。彼女の耳元に花を挿《さ》す際、平静を装ってはいたが、本当はかなり緊張していた。彼女に気付かれただろうか。

その時、部屋を静かにノックする音が聞こえたので、入室を許可する。

レスターは部屋に入る前に一礼をし、顔を上げると報告を始めた。

「今年の花祭りも大きな争い事はなく、無事終わったそうです。総指揮官殿、お疲れ様でした」

レスターも疲れているだろう。早々に休み、明日に備《そな》えるように告げる。

「はい。自分も部屋に戻ります」

部屋から去るかと思いきや、レスターは自分の手に持っていた花を見てそわそわしている。何か言いたい事でもあるのかと視線で問えば、笑顔を見せた。

「綺麗ですね」

レスターは自分の手元に視線を向けて言ったので、すぐに花の事を言っているのだとわかった。

「知っていますか？　その花言葉」

彼女には申し訳ないが、自分は花言葉には全く詳しくない。イメリアの花言葉を記憶していたのはたまたまだった。薬草になる草や命にかかわる毒草の種類になら、詳しいのだが……

レスターの問いかけに、この花の意味を勝手に想像してみた。

彼女は、何を自分に贈るに相応《ふさわ》しい言葉だと思って、選んでくれたのだろうか。

自分が昔、不眠症気味だった頃を知っているので、そんな自分を気遣い『安眠』だろうか。仕事で怪我をしないようにと『安全』か。それとも口数の少ない自分を表す『無口』か。

どの意味を持つ花にしたのか、考えているときりがない。

考え込む自分に、レスターは口を開いた。

「ブランケージの花言葉は『敬愛』といいます」

「…………………」

レスターの口から想像もしなかった言葉を聞かされ、信じられない気持ちになる。手に持つ花にゆっくりと視線をやり、そのまま見つめた。夜に涼しげな青い花びらが揺れる。

「それでは失礼します」

レスターが一礼をしてその場を去った後も、自分はしばらく動けなかった。

そしてゆっくりと、両肘をテーブルにつけ手を組み、前を見据えて考えてみる。

――敬愛。

敬愛というのは、『尊敬しながらも親しみを持つ』との意味だ。

尊敬する愛。彼女が、自分を――

その言葉をかみしめていると、急に荒々しく扉を数回ノックされた。

同時に勢いよく扉が開いた。それも入室の許可をする前に、だ。扉についている鈴の音が部屋に響き渡り、考え事をしていた頭が一気に現実に引き戻される。こんな礼儀に欠ける行動を取る人物は一人しかいない。

「弟よ！　お勤めご苦労であった！」

「……」

「そして弟の仕事が終わるのを待っていた私もご苦労‼」

何故いる、兄よ。

「今年もお疲れ様だ！　街の皆も、雄々《おお》しく堂々とした立派な態度で、輝きに満ちあふれる総指揮官殿が塔に上る姿を見て感激したことだろう！」

「……」

「私も兄として鼻が高い。私の鼻がこれ以上高くなったら、どうしようかと心配するぐらいだった！　高くなりすぎたらどうすればいいのだ！　ん？　自慢の弟よ」

「……取れ」

「いやいやいやいや、それは無理！　鼻がなくては私も困る！」

高らかに笑う兄だが、何をしに来たのだ。

それにもう深夜だ。迷惑極まりない。しかし、この不可解な行動は今に始まった訳ではないので決して問い詰めない。そんなことをすると、余計に体力を消耗すると理解しているのだ。

黙って見つめていると、突然兄は声色を変え、真面目な表情で聞いてきた。

「どうした。さすがに疲れでも出たか？」

疲れ？　自分のどこを見て言っているのだ。確かに体は多少疲れてはいるが、体力はある方だと思っている。

兄が自分を心配する理由がわからず、かすかに首をかしげる。

「珍しく顔がほんのり赤いぞ」

指摘されて初めて、自分でも気付かぬうちに顔が赤らんでいたのだと知った。

それを先に兄に知られるとは、なんたる不覚。

これ以上兄に突っ込まれないよう、自分は顔を背《そむ》けて窓辺に立つ。

「熱を測ってやる！」

「……心配ない」

「いいから早く服を脱げ!!」

「……何故脱ぐ必要がある」

「恥ずかしいなら私も一緒に脱いでやる！　まずは脱げ、弟よ！」

兄の過剰な心配を、いらぬと一喝し、無理矢理部屋から追い出した。

そうして一輪の花が入る容器を準備して、枕元に置いた。花の香りが寝ている自分のところまで届く。その香りをかぐと、平常心が保てなくなる。なんとも心が落ち着かない。

たまらずに何度も寝返りを打つが、眠気はなかなかやって来ない。

同時に、彼女に会いたい、という気持ちが胸を駆け巡る。

今夜は眠れるのだろうか――
目を閉じれば瞼《まぶた》の裏に浮かんでくる彼女の姿を思いながら、再び目を閉じた。

9 総指揮官殿の元彼女!?

今日、食堂のお仕事はお休みなので、久々に総指揮官殿と一緒の休日だ。

特にすることもないので、マールを連れて総指揮官殿の書斎にお邪魔していた。

おっ、マール、なかなかいいジャンプをするな。

マールを紐でじゃれさせて遊びながら口を開く。

「お部屋の窓枠に少しスペースがあって、そこにガラス細工を飾ったら可愛いかもしれない、って思いました。雑貨屋さんにあるかな?」

そんなことを半分一人ごとのようにつぶやいていた。

今まではそのスペースに花を飾っていたのだが、花だとすぐに枯《か》れてしまってさみしい気持ちになってしまう。そこで、綺麗なガラス細工とか木で造った雑貨を飾りたいと思ったのだ。

総指揮官殿は椅子に座りペンを走らせていた。休みなのに仕事をお持ち帰りしているらしい。総指揮官殿は不意に顔を上げると、私の顔を見て、すっくと立ち上がった。

首をかしげて見ていると、彼は無言のまま壁にかけてある上着を羽織る。

慣れた手つきで袖に腕を通し、襟元を正した総指揮官殿は、不思議な気持ちで見ている私に視線を投げた。

「……」

なになに？　急にどうしたの？　お出かけですか？

すると無言で袖口を折り返しながらも、私を見つめ、総指揮官殿は一言つぶやいた。

「……雑貨屋へ」

えっ？　もしかして一緒に行ってくれるの!?

私の話を聞いていないようで、きちんと聞いてくれていたんだな。

嬉しくなった私は、準備をしてくると言い、急いで部屋を飛び出した。

そうしてお目当ての雑貨屋に連れて行ってもらい、様々なガラス細工を見た。

その中でも、シカのガラス細工を気に入って購入した。手のひらにちょこんと乗るぐらい小ぶりだが、窓辺に飾ったら光を反射して輝くに違いない。きっと綺麗だろう。

購入した後、店の外で待っていてくれた総指揮官殿に声をかける。

こうやって二人で休みの日に出かけていると、デ、デ、デートみたいじゃないかしら？

すれ違う人達から見たら、カ、カ、カップルみたいに見えるかしら？

顔が赤くなってそわそわしていると、すっと差し出された手。

もしや、これは……

どうしよう、無言で差し出してくる総指揮官殿の顔はいつもと変わらない無表情だ。

だけど、差し出された手を取ってもいいのかな。手を握ってくれるのかな。

動揺している私に向かって、総指揮官殿は静かに口を開いた。

「――荷物を」

……そっ、そっか!!　荷物！　荷物だよね！　うん！

変に期待してドキドキしてしまったじゃないか！

「あ、そうだ！」

総指揮官殿に荷物持ちをお願いする前に、私はあることを思い出して袋から包みを取り出す。

ラッピングを解《ほど》いて出てきたのは、ワイングラス。

先程の店でガラス細工を見ていたら、ワイングラスも置かれていた。グラスには、見事なカット模様が入っていてとても綺麗だった。

総指揮官殿は夜、よくワインを飲んでいる。お酒を飲んでもちっとも様子が変わらないので、本当に飲んでいるの？　と不思議になるけれど。

何気なく手に取って値段を見ると……うん、ちょうどいい。これなら私でも手が届く値段。

ここで見つけたのも何かの縁だと思って、そのまま購入することにしたのだ。

「これは私からのプレゼントです」

包みから取り出したワイングラスを不思議そうな顔をして見ていた総指揮官殿に、笑いながら説明する。

「綺麗なグラスだなぁと思って。ほら、よくワインを飲んでいますよね？」

恥ずかしさから、早口になりつつも伝える。

そして……

「――総指揮官殿、お腹空《す》きませんか？」

照れもあって、話題を一気に逸《そ》らした私。そういえば、ハニーズ・ビーのお店に新作が並んだと、レスターがこっそり教えてくれたっけ。

何故こっそりなのかというと、総指揮官殿がやきもちをやくと怖いからだそうだ。先に新作を味わっても、総指揮官殿は広い心の持ち主なので怒らないと思うけど、レスターってば、なんでそんなことを心配するんだろう。

せっかくなので、新作を一緒に味わおうと思ってハニーズ・ビーのお店へ向かった。

店内は混んでいたので、今日はテイクアウトにして持ち帰ることにした。帰ってからゆっくり食べることにしよう。温かい紅茶を淹《い》れ、その香りを楽しみながらおしゃべりをして、マールと遊び、スイーツを食べる。そして雑貨屋で購入したばかりのガラス細工を窓辺に飾るのだ。これぞまさしく充実した休日！

確かに、そう思っていた。

ある女性が、総指揮官殿を呼ぶ甲高い声が聞こえるまでは——

「アリオス！　アリオスじゃないの！」

びっくりして、私も声の聞こえた方向に顔を向けた。

そこにいたのは高めの身長に、出るとこは出ていてくびれのある美しいプロポーションを持つ女性。長い髪をアップにしてまとめ、おくれ毛の見えるうなじが魅力的だ。目はきりりとして、目力を感じる。高くすらりとした鼻に赤い唇。

すごく綺麗な人——

その女性の姿を認識した瞬間、素直にそう思った。

女性は総指揮官殿だけを真っ直ぐに見つめて笑いかけると、小走りに近寄って来た。

その後すぐに、私の目の前に見えたのは総指揮官殿の背中だった。

え？　と思って、体を横にずらすも、総指揮官殿の背中は広くて大きくてなかなか前が見えない。どんなに背伸びをしても無理だった。

いきなり前に立ちはだかった総指揮官殿の行動に、意味がわからず焦る私。声だけが聞こえる。

「久しぶりね！　アリオスったら相変わらずいい男ね。悔しいぐらい。まったく、連絡ぐらい寄越しなさいよ！　しかしまあ、その無表情さも変わらないわね」

口調から察するに、どうやら昔からの知り合いらしい。

総指揮官殿にここまで親しい口をきく人がいたなんて、兄上殿以外に初めて目にした。

その事実に軽く動揺してしまう。

一方的にまくしたてる女性と、相変わらず口数の少ない総指揮官殿とは、いったいどういう関係なのだろう。

不思議に思っていると、急に女性の声が低く問うような声色に変わった。

「……ねえ？　その背に何を隠しているの？」

ようやく私の存在に気付いてくれたらしい。

挨拶《あいさつ》をしようと思ったが、総指揮官殿が私の前から退《ど》いてくれない。

「ちょっと……！」

すると女性は総指揮官殿の体を掴み、無理矢理退かせることに決めたようだ。

その強引さに驚きつつも、総指揮官殿の肩に触れる赤い爪が目に痛いと思いながら見ていた。

やがて力ずくで総指揮官殿を押しやった女性をようやく目にした私は、そのあまりの美しさに再び目を奪われた。

「――まあ……!!」

女性は私に驚いたのか、大きな瞳を見開く。

その女性は私の頭からつま先まで、ひと通り観察を始めた。遠慮ない視線を向けられて固まってしまう。

すると総指揮官殿はまた私の前に立ち塞《ふさ》がり、いきなりその女性の手を掴んだ。

「ちょっと、痛いわ!!　アリオス」

総指揮官殿は、抗議の声をあげる女性を黙ったまま見つめているが、女性の手を離す気配は見られない。

二人はしばらくお互いに視線を合わせたまま、攻防戦が繰り広げられる。私は後ろからその様子を固唾《かたず》を呑んで見守っていた。

総指揮官殿と視線を真っ直ぐ交わし合える人は稀《まれ》だと思う。部下たちは視線を向けられただけで、縮みあがってしまうとレスターは言っていた。恐れ多くも騎士団の総指揮官なので、威圧感が半端ないのだろう。

しかし私は別の意味で視線を合わせることができない。だって赤くなってしまうから。

そんな総指揮官殿を相手に、女性はちっとも怯《ひる》んだ様子を見せずに口を開いた。

「――ふうん。なるほどね。私に隠したい訳がわかったわ」

「……」

「まあ、何？　そのあまり乗り気じゃない顔は。挨拶《あいさつ》ぐらいさせなさいよ」

総指揮官殿の表情の変化がわかるとは、よっぽど親しい仲なのだろう。

しばらくの沈黙の後、総指揮官殿は私の横にずれたので、女性と正面から対面する形になった。

目の前の迫力満点の美女に圧倒される。見た目も派手だけど、雰囲気もどこか怖く感じられて緊張する。女性にしては高い身長で、見下ろされているからだろうか。

「――はじめまして」

緊張しながらも、やっとの思いで挨拶を口にする。顔は引きつっていたと思うけど、笑顔を作るように努力した。

すると、彼女はプッと噴き出した。

「初々《ういうい》しいご挨拶で、可愛いわね」

どこか馬鹿にされている感がぬぐいきれず、私は口をきつく結んだ。それを見ていた総指揮官殿が口を開きかけたが、女性が先に制した。

「何よ、挨拶ぐらい、いいでしょ！」

「……」

——嫌がっている。

いつも無表情な総指揮官殿だけど、たまに微妙な表情の変化がわかる時がある。だけど今回に限っては、わかりやすいほど眉間に深く皺《しわ》を寄せていた。

その様子を珍しいと思って驚いていると、衝撃的な発言が飛んできた。

「仮にもファーストキスの相手に、その態度はないんじゃないの？　ねえ、アリオス？」

私の頭は鈍器《どんき》で殴られたかと思うほどの衝撃を受けた。自然に手に力が入る。

眉を一瞬動かした総指揮官殿と、ショックで青ざめていく私の様子を見て、女性は鼻で笑った。

ふと総指揮官殿が手に持つ箱に気付いた女性は、さらに追い打ちをかける。

「あら？　その箱、ハニーズ・ビーのお店じゃない。驚いた！　アリオス、あなたいつから甘い物を食べるようになったの？　昔は甘いものを見るのでさえ嫌がったのに」

彼女の口から吐き出された初めて知る事実に、眩暈《めまい》がした。

私と出かけるとよく食べていたスイーツ。そういえば、総指揮官殿から食べようと誘われたことなどなかった。

だけど、本当は嫌だったと、私に付き合って我慢して食べていたというの――？

私は唇を噛んで目線を上げる。そこには私の知らない総指揮官殿を知っている女性。

彼女は勝ち誇ったかのように悠然《ゆうぜん》と私を見ていた。

「私の名はクイーラよ。これからよろしくね」

呆気にとられている私にそう言って、足取りも軽やかに笑って去って行った。

私は部屋に戻ると、箱からシカのガラス細工を出して窓辺に飾る。

――だけど、変なの。出かけるときは、わくわくしていたのに、今はちっとも嬉しくないし楽しくない。

窓辺に置き、光を反射して輝くガラス細工は確かに綺麗なのに、綺麗だと感じられないのだ。

そのまま頬杖《ほおづえ》をつき、考える。

あの綺麗な人は総指揮官殿のファーストキスの相手だと言った。つまり……元彼女だよね。親しそうに呼び捨てにしていたし。

いや、待てよ。『元』なのか？　もしかすると現在進行形？　いや、それはないか。

そりゃ総指揮官殿だってお年頃。恋の一つや二つ過去に経験済みだろう。あんなに格好良いし、表情に乏《とぼ》しいけれど本当に優しい人だから、女性が放っておく訳がない。

でも、私以外に総指揮官殿の良さを理解する女性が過去にいたんだ――

そう思ったら胸が苦しくなった。

街で会った女性を思い出す。大人の美しさと迫力ボディで、私とは全然タイプが違う華やかな人。

『アリオスの隣にいるのは似合わない』

そう言われているような気がしてならなかった。だから私にあんな意地悪な態度をとったんだ。

それに総指揮官殿は甘い物が嫌いって――

そんなことも知らずに、何度ハニーズ・ビーのお店に付き合わせたことか。

バカみたい。私バカみたいじゃない……！

考えていると、自分が惨《みじ》めで恥ずかしくなってくる。全て私一人の空回りだったのかもしれないと思ったら、すごく悲しくなってきた。

総指揮官殿のバカ！　言ってくれてもいいじゃない！

涙を我慢するかのように、唇を強くかみしめた。

シカのガラス細工がぼやけて見えた。

お昼の一番忙しい時が過ぎ、そろそろ休憩時間といった頃、食堂の扉についたベルが鳴った。

「ケイト。どうしたの？　浮かない顔をしているね」

入り口へ向かうと、そこには兄上殿が。

どうしてこうタイミングのいい時ばかりに現れるのか、不思議になってくる。

同じ兄弟でも、敏感《びんかん》に相手の変化を察知して気遣ってくれるところが、総指揮官殿と違うのだなぁと感じる。

兄上殿は優しい。だけど、物事をよく見ている人なので、変に隠し事や誤魔化《ごまか》しはできない。それが溺愛する総指揮官殿関係だとするとなおさらだ。

それに優しい瞳を向けられると、ちょっとぐらい相談してもいいかなぁ、なんて思って甘えてしまう。

先日、総指揮官殿の知り合いの女性と会って、少し意地悪な態度をとられてしまったので、しょげているのだと簡単に告げた。

兄上殿は優しい眼差しを私に向けたまま、黙って聞いてくれていた。

「それは我が弟が、ケイトという素敵な女性を連れていたから、単に嫉妬しただけではないの？」

「……違うと思います」

「まあ誰が来たって、ケイトは心配することなどないよ。弟の態度を見ていれば。――私が保証する」

兄上殿は優しく私に大丈夫だって言ってくれる。

だけど、私は何かが不安で怖い。だって、あの女性《ひと》の目は、何かに興味を持って欲しがる目なんだもの。

言葉に出来ない不安が押し寄せてきて口を閉じた私に、兄上殿は続ける。

「その女性の名は？」

「クイーラさんです」

「クイーラか!!」

その名を聞いた瞬間、急に兄上殿の顔つきが変わった。先程の穏やかな口調は一変して、早口でまくし立てる。

「おのれ、にっくきクイーラめ！　私に無断でケイトに意地悪するなど、何をしてくれるのだ！　可愛い可愛い私のケイトを……ケイトは弟のものになる予定だから、ひいては私のものでもある！　当然だ！」

怒りのポイントがいまいちずれているとは感じたけど、気遣ってくれているのだろう。……と思いたい。

どうやら兄上殿も、クイーラさんとは知り合いらしい。でもあんまり仲良くないのかな。私のために怒ってくれたのはありがたいけれど、何か兄上殿に火をつけてしまったみたい。その様子から察するに、兄上殿はクイーラさんを敵だと認識しているようだ。

「……クイーラめ」

怒りながらも慰めるためか、兄上殿は私の頭を強く撫で回す。おかげでスカーフが取れて床にはらりと舞い落ちるし、頭がボサボサになった。

そうしていると、食堂の扉のベルが再び鳴った。

兄上殿と同時に顔を向けた先には、総指揮官殿とレスターが立っていた。

「弟よ!!」

総指揮官殿は両手を広げて歓迎する兄上殿を軽く無視して、床に落ちているスカーフを拾い上げる。

そして手でほこりを簡単に払いのけると、私に手渡してくれた。

「……ありがとうございます」

何気ない動作なのに、何故か私の体に緊張が走る。

先日、街中でクイーラさんと会ってから、私たちの間を流れる空気がどこかよそよそしくなったと感じていた。それを感じているのは、きっと私だけではない……はず。

「すぐ近くに用事があったので、寄ってみました」

側で仕えているレスターは、呑気《のんき》に笑って告げた。

無邪気な笑顔を見せるレスターは、私たちの間を流れる空気がいつもより、ほんの少し微妙だとは気付いていないと思う。

兄上殿だけは、総指揮官殿の顔をじっと見つめている。

もしかして兄上殿は気付いたのかしら？　それとも大好きな弟の顔を見つめているだけ？

兄上殿は総指揮官殿のことになると、周囲が見えなくなるけど、普段は頭も良くて勘が鋭い。

私が相談したことで、余計な心配をかけなきゃいいけど——

そんな不安を少し覚えた。


そんなことのあった翌日。

「いらっしゃいま……せ——」

思わぬお客の登場で私は身構えた。

「ふうん。庶民がご飯を食べる場所って感じね」

そりゃそうです。街の食堂ですから。

お客——クイーラさんは食堂が珍しいのか、中をぐるっと見回していた。

セクシードレスとはだけた胸元も、目のやり場に困るのは、私だけじゃないはず。

ほら、食堂のおじさんも厨房《ちゅうぼう》からわざわざ首を伸ばしてのぞいてる。おかみさんに頬をつねられてしまったけれど。

存在感があるというか、少なくともこの食堂にいると浮くくらい目立つ人。いるだけで場の空気が華やかになるのだ。ちなみにこの食堂に来る総指揮官殿も兄上殿も周囲から浮いている。

私は気を取り直して本来の業務に戻ることにした。

「お席にご案内します」

「あら、やだ。私は食べにきたわけじゃないわ」

クイーラさんに鼻で笑われた。

それなら何故来るのだろう。けど、だいたいの目的はわかる。

「用事があって来たのよ。時間とれないかしら？」

ほら来た。

この場でクイーラさんが用事があるといえば、私しかいないだろう。そもそもこの場に縁などなさそうな彼女が、わざわざ来たんだもの。

あれっ、私がここで働いているって、どうやって知ったのかしら。まさか総指揮官殿が話したとか……逆に聞いてみたい。

しかし今はお昼時で、お店の中は混雑している。食堂に来ている他のお客さん達に迷惑がかからないように外で話を聞くとクイーラさんに告げ、店の外に出てもらった。

裏口から出ると、クイーラさんは両手を組んで待っていた。女性にしては高めの身長から見下ろされる。

「名前は？」

「え？」

「私はこの前、名乗ったわ。だけどあなたは名乗らなかった。これって失礼な事だと思わない？」

そういえばあの時、名乗るタイミングを逃したまま屋敷に帰ってしまったんだった。

「ケイトです」

「ふうん。ケイトね」

クイーラさんは、長くて綺麗に巻いてある髪の毛を、手でいじりながら私の名を呼んだ。

「ねえケイト、アリオスとはもう寝た？」

「ええと、彼は出会ったばかりの頃は不眠症気味でしたが、最近はちゃんと眠れているみたいです」

ソファで横になる彼に、ずっと子守歌がわりに側でおしゃべりしていた日々が懐かしく感じる。

今ではその必要もないらしく、きちんと毎日眠れているみたいだ。

「そういう意味じゃないわよ！」

「え？」

回想していた私に、クイーラさんの苛立《いらだ》ちを含んだ声が聞こえる。

「アリオスとは夜を共に過ごしたの？　って聞いてるの!!」

叫ばれて固まること数秒、私は言葉の意味を理解すると同時に、頬が赤くなった。

私と総指揮官殿が男女の仲かと聞いているのだろう。

混乱する私の様子を見た彼女は笑顔になり、手を叩いて喜んだ。

「そう、その反応はいいわ。本当に初々《ういうい》しいわね」

形のいい唇をゆがめて笑うクイーラさん。唇の横にあるホクロがとてもセクシーだ。

真っ赤な口紅が目に痛いと思いながら見つめていた。

そんな彼女の興味は尽きないらしく、瞳を輝かせてさらに聞いてきた。

「キスは？　キスぐらいしたんでしょ？」

「え、えっと……」

私の反応を見て、答えずともわかったのだろう。彼女はまたもや声を出して笑った。

「呆れた。アリオスってば何やってるのかしら。奥手にもほどがあるわ」

と、彼女はずけずけと言いたい事を言ってくる。

総指揮官殿とは出かけた時、たまに手を繋《つな》ぐくらいだ。それも人混みで私が迷子にならないように配慮しているだけだと思うけど、大きな手に包まれていると安心できて嬉しかった。

それなのに——

嬉しそうにしている彼女を見て不愉快になる。黙っている私に微笑み、なおも告げた。

「けど、まあいいわ。その方が私には好都合だし」

何が好都合なの？　私と総指揮官殿の関係があなたに何か関係があるの⁉

そう言いたいけど言えなくて黙り込む。

けど、一つだけわかった事がある。

それは、私はこの女性が好きにはなれないってこと‼

微妙な空気を引きずったままの夕食時。

総指揮官殿を前にして、私は思い切って口を開いた。

「今日、クイーラさんが食堂に来ました」

そう言うと彼は、弾かれたように顔を上げた。そして、手に持っていたワイングラスをテーブルに置く。

あ、私がプレゼントしたグラスを使ってくれているんだ。

嬉しく思うけど、そのグラスを見ると、初めてクイーラさんと出会った時の事を思い出して、なんだか苦い気持ちになる。

私は何かを言おうと口を開きかけた総指揮官殿の言葉を遮《さえぎ》り、先に口を開く。

「総指揮官殿の口から彼女に言っていただけませんか？　仕事の邪魔だけはやめてほしいと」

彼は私の言葉を聞くと、ゆっくりと腕を組み「わかった」と一言だけ言った。

そんな総指揮官殿に胸が苦しくなる。

まだ、彼女と繋がっているの？　連絡はとっているの？

『わかった』と言うってことは伝える機会があるってことだよね……。下手な探りを入れて、結局自分自身が傷ついている。

「初めてのキスのお相手ですもの。忘れないですよね」

思わず嫌味が口から出た。

総指揮官殿が私を見た。相変わらず無表情だ。対する私は盛大に眉間に皺《しわ》が寄っているだろう。

「私……私だってそうです。ファーストキスの相手は忘れません」

と言っても、保育園の時、隣の家のけんちゃんと……だけど。

するとそれまで興味なさそうだった総指揮官殿が、急に顔を上げた。

しかも総指揮官殿の眉が動いたのだ。

「忘れない──?」

問うような低い声を出してくる。

その声を聞いた瞬間、反射的に身が強張《こわば》る。しかし間違った事は言っていない。

現に総指揮官殿だってクイーラさんの事を──ファーストキスの相手を気にかけている、そうでしょう?

「私だってファーストキスは──」

突如《とつじょ》、大きな音がした。総指揮官殿が机を叩いたのだ。

ワイングラスが宙を舞い、テーブルから落ちる。綺麗な音色を響かせて、ワイングラスが粉々に砕けた。

ただのガラスの破片と化したワイングラスを呆然と見つめる私。すると総指揮官殿は、

「──聞きたくない」

と、そう低い声で言ったのだ。苛立《いらだ》ちを含んだ空気を、無表情ながらも感じ取った。

だけど、あなただって初めてのキスを忘れていないのでしょう。何故、そんなに私を怒るの。

私だっていろいろ思うことがあって、いろいろ言いたいのに。

悔しさから唇を噛み締めていると、視界が滲《にじ》んできた。

駄目だ。泣くもんか。涙なんて流しちゃ、ずるいって思われる。

私は総指揮官殿から視線を外し、床に落ちて無残に割れたグラスを見る。まるで今の私の気持ちみたいだ。

何も言わずに席から立ち上がり、落ちて割れたグラスの破片を拾い上げた。

「——っ！」

拾っている途中、破片が指に刺さって、一瞬顔をゆがめる。

すると、いつの間にか側に来ていた総指揮官殿は、私の指を手に取って傷を見ようとした。

私はとっさに手を後ろにやり、総指揮官殿から隠す。

「——手を」

「嫌です」

それでも私の背中に回りこみ手を取ろうとするので、私もムキになる。

「大したことありません！」

総指揮官殿の胸を片手で押して、近づいて欲しくないという意思を見せた。

彼はしばらく黙っていたが、やっとあきらめたようだ。

「兄には……」

「え？」

「兄には触れる事は許すのに、自分は拒否か――」

自嘲気味に軽く笑うと、総指揮官殿はアデルを呼び、床の掃除と私の手当てを言いつける。

そして私の方を一度も見ずに、広間から出て行った。

どうして……まるで自分の方が傷ついたような声を出すのだろう。

総指揮官殿が一瞬見せたあの顔が、頭から離れなかった。


「いらっしゃいま――」

「ケイト、来たわよ」

昨日の今日で何故来るのだろう。というか、これ以上、私にどんな用事があるというのだろう。

私は、不敵な笑みを浮かべてそこに立つ女性――クイーラさんを見上げた。

「もう、ここへは……」

「あら？　この店は客を選ぶというの？」

そういう訳ではないが、仕事の邪魔をしないで欲しい。もちろんそれだけじゃないけど……

私の不満気な顔を見た後、クイーラさんは続けた。

「今日は食事をするわ。持ってきてちょうだい」

「はい？」

「何でもいいわ。持ってきて」

何でもいいと言われても、何を持っていけばいいの？　せめて、きちんと注文して欲しい。

もう一度尋ねようと思ったら、彼女はずんずん店の中まで進み、空いている椅子に腰かけてしまった。

スリットが大胆に入っているスカートをはいているにもかかわらず、惜しげもなくさらして足を組むその姿に、またも目のやり場に困る。

肘をついてそこに顔を乗せているクイーラさんからフェロモンだだ漏れだ。

お腹の空《す》き具合もわからないけれど、もう聞くのも面倒なので、とりあえず今日のお薦《すす》め品、パナッツトパイとヤデーミルクを持っていく。

「あら、美味《おい》しいわね」

意外なことに、喜んで食べてくれたので、ちょっとホッとした。彼女は食事を続けながら、私に向かって言った。

「で？　ケイトは何故そんなに浮かない顔をしているの？」

原因はあなたです。あ・な・た!!

そう言ってやりたいけど、言えない自分に腹が立つ。

悔しさと、昨日の出来事を思い出していたら、自然と涙が流れてきた。

「やだ、なに!?　泣かないでよ！　まるで私が泣かしているみたいじゃない」

そうよ！　元はといえば、あなたが原因で泣いているのよ！

もういい。我慢なんてしない。

クイーラさんの目の前で、みっともなくポロポロと泣いた。

オロオロと動揺し始めた彼女を見て泣きやまなきゃと思ったけれど、それでも涙が止まらなかった。

「それでアリオスはテーブルを叩いたの？　呆れた。大人げないわね！」

何故、私がこの人にこんな話を……。挙句の果て、目の前にいるクイーラさんに慰められている始末。

彼女は、いきなり泣き出した私に驚きつつも泣いた原因を問い詰めてきた。

そのしつこさに根負けして、もういいやとばかりに昨夜のケンカの事を軽く話したのだ。

言葉の裏には、あなたが元凶なのよ、と軽く嫌味をブレンドして。まあ、クイーラさんには、まったく通じていないようだけど。

「ねぇ、昔のアリオスのこと知りたくない？　知りたいならいつでも教えてあげる」

「え……」

思ってもいなかった申し出に、呆気にとられる。

「ただし、ここじゃ無理だわ。こんなに騒がしい場所だと落ち着かないし。そうね、私の屋敷にいらっしゃい」

そう言って妖艶《ようえん》な笑みを浮かべると、クイーラさんは屋敷の地図を差し出した。

おずおずと受け取ろうとした際に、細く綺麗な指で手をギュッと強く握られる。爪に塗られた赤い色が鮮《あざ》やかだと思いながら、思わずじっと見つめてしまった。

そうしてクイーラさんは私に地図を渡して去って行った。けれど、さすがに敵の陣地に乗り込んでいくような真似はしたくない。総指揮官殿とのファーストキスとか、のろけ話でも聞かされるのかしら。

私にとって、いい話ではない気がする。わざわざ、我が身を傷つけに行くとわかっていながら飛び込むものか。

身も心もミンチになりたくないの！


——それから数日後。


「いらっしゃい。きっと来ると思っていたわ」

玄関の扉を開けたクイーラさんは自分の予想通りになったと言わんばかりに、ご機嫌で微笑んだ。

そう……結局、私はクイーラさんに渡された地図を片手に屋敷を訪ねた。総指揮官殿の屋敷に負けず劣らず立派で少し怖気《おじけ》付くも、もう後には引けない。

私も本当はこの場所へは来たくなかった。

だけど、あれからずっと考えていた。

このまま逃げて目を逸《そ》らしていてもいいの？　——って。

それに、これ以上クイーラさんに私の日常をかき回されたくない。何故、私の周辺をうろつくのだろうか。

理由をはっきりさせなくてはいけない。そう思ったのだ。彼女の目的はなに？

どうせ総指揮官殿絡みだろうが、彼女の口から本当の理由を聞いていないのだから、きちんと確かめなければ。

　豪華な調度品が飾られて、いい香りのする部屋に通されると、飲み物と甘いお菓子を振る舞われた。

「あ……」

　思わず声を漏らした私を見て、クイーラさんはふふふと笑った。

「よく気付いたわね。これはハニーズ・ビーの新作よ」

　今が旬《しゅん》のラベラムの実を使ったクリームがサンドされている、この時期限定の美味《おい》しいスイーツ。

　初めてクイーラさんに会った時にテイクアウトした品物だ。だけど、あの時は食べる気になれなくて、アデルにあげちゃったんだっけ。

「前に会った時、この店のお菓子を持っていたでしょう？　だから好きなんだろうと思ったの」

「あ……ありがとうございます」

「いつ来るかわからなかったけど、用意しておいて正解だったわ」

　クイーラさんは、女の私が見てもドキッとするほど妖艶《ようえん》な笑みを見せた。

だけど、何だろう。

今日のクイーラさんは、妙に優しい気がする。何か裏でもあるのかと勘ぐってしまうではないか。

私を甘いお菓子で餌付《えづ》けして、総指揮官殿と引き離そうとする魂胆《こんたん》かしら。そう警戒しながらもスイーツを口に入れた。

「……おいしい」

素直に感想を口にすると、クイーラさんは嬉しそうに微笑んだ。口元にあるホクロが魅力的で、悔しいけれどやっぱり美人だと思ってしまう。そしてゆっくりと、形のいい唇を開いた。

「アリオスは昔から全然変わらないわ。何を考えているのかよくわからないし、愛想もなければ可愛げもないもの」

いきなり総指揮官殿のことをズケズケ言ってくる彼女に驚いた。てっきり、過去ののろけ話を聞かされるかと覚悟してきたのに。私は思い切って口を開いた。

「あの……」

「なに?」

総指揮官殿とは——アリオスさんとはどういう関係ですか?

でもやっぱりその一言が聞けない。黙ってしまった私に構わず、彼女は続けた。

「だけど、昔から女にはよくモテたわ」

そりゃ、そうだろうな。あの容姿だもの。冷静沈着な性格も、クールな大人の雰囲気を醸《かも》し出していて魅力的だし、女性が放っておかないだろう。

「あんなのだけど、言い寄ってくる女も多かったわ。適当にうまく遊んでいたと思うけれど」

「……え？」

思わずクイーラさんの言葉を聞き返してしまった。

「驚くことかしら？　女性に触れたいと思うのは、男性のごく自然な欲求だもの。それなのに、あなたとはベッドを共にするどころか、キスもまだだって言うじゃない。それじゃあ、満足しないはずよ。アリオスだって男だもの」

そりゃ総指揮官殿だって男だから、それなりの欲求はあるのかもしれないけど、私は一度も求められたことはない。いつだって紳士的に振る舞ってくれた。それでも気持ちが通じ合ってからの私達の関係は、うまくいっていると思っていた。

それなのに第三者に否定されて、気持ちが沈み込む。

「あなたに隠れて上手く遊んでいるのかもしれないわね。――もしかするとケイトの方が遊ばれているのかもよ」

うまく遊んでいる……？

それはどんな遊び？　……聞かなくてもわかっている。大人の割り切った関係ってことだよね。

それは私と出会う前？　それとも今でも続いているの？

顔を下に向けたまま固まってしまった私を見て、急にクイーラさんの声が優しくなった。

「——それよりあなた、アリオスのところにいても大丈夫なの？」

「はい？」

「男と女が一つ屋根の下で暮らす状況は良くないと思うわ。遊ばれている可能性があるなら、なおさらよ」

「遊ばれている……」

言葉に詰まった私に、クイーラさんは同情するかのような視線を投げた。

「あら、泣かないで、ケイト。いきなり言いすぎた私が悪かったわ」

そう、私は気が付くと泣いていたのだ。

心が苦しくて悲しくて、そのうち嗚咽《おえつ》まで自然に出てきた。そんな私を見たクイーラさんは椅子から立ち上がる。

「今日は泊まっていくといいわ。アリオスの屋敷には連絡しておくから」

そう言ってクイーラさんは執事を呼び、何かを言いつけている。

けど、私の頭の中では先程の言葉がぐるぐると回る。やっぱりここに来たのは大きな間違い。こうなるかもしれないって、予想していたことじゃない。

心を粉々にするための場所に、自ら足を運んだのだ。バカな私。だけど、今は悲しくて涙を流すことしか出来ない。

そしてクイーラさんは気を使ってなのか、そっと部屋から出て行った。


しばらく泣いていたら、ふと甘い香りを感じて顔を上げた。

部屋に飾られてある大きな花瓶に、色とりどりの花が飾られ咲き誇っているのを、ぼんやりと見つめる。その中には私の大好きなイメリアの花もあった。可憐《かれん》に咲く薄い黄色の花は香りも甘く、なんだか優しい気持ちになる。

そう、花祭りで総指揮官殿が私に贈ってくれた花。

だけど、花言葉は『健康第一』。可愛らしい見た目と違って、なんて恋愛とはかけ離れた言葉だろう。恋人達で盛り上がる花祭りで、体を気遣う花言葉のイメリアをくれるなんて……

どう解釈したらいいのかしら、と最初は目が点になったものの、次第に笑みがこぼれたことを思い出す。

だってなんだか総指揮官殿らしかったんだもの。きっと真面目に選んでくれた結果に違いない。人は健康が一番大事だからと、私に伝えたかったのだろう。

そんな不器用だけど一生懸命な人が、私が好きになった総指揮官殿だ。

仮にクイーラさんが言う過去が本当でも、過去は過去だもの。まったく気にしない訳でもないけど、誰にだっていろいろな過去がある。

花瓶に飾られたイメリアの花の香りが、私の混乱した頭を少しずつ冷静にさせてくれる。

そして思った。

信じよう。

人から伝え聞くよりも、自分の目で見た姿を――

過去を聞いて泣くよりも、私はこれから先の彼を信じたい。

だってこの世界に来てから、総指揮官殿に遊ばれるようなことは何もされてないじゃないか。

そうよ、生活の全てをお世話になっているのに、彼は見返りなんて求めてこないじゃない。

それどころか、仕事場に送迎してくれたり、買い物に付き合ってくれたり……遊ばれているどころか、かなり大切にされていると思う。時には過保護だと感じるぐらい。

自分の心の中にかかっていた霧が晴れたような気がした。

「あの……クイーラさん」

私は部屋に戻って来たクイーラさんを呼んだ。手を握りしめ、決意を口にする。

「私は総指揮官殿を――アリオスさんを信じます」

「ケイト!?」

クイーラさんは一瞬眉を吊り上げて何かを言いかけたが、私はその言葉を遮《さえぎ》って続ける。

「たとえ、過去にいろいろあったとしても、私に対してはいつも優しく気遣ってくれます。人から聞いた話ではなく、自分自身の目で見たアリオスさんの姿を信じたいと思います」

「……」

「それに私のことを大切だと……そう、以前に言ってくれました。日ごろ無口なアリオスさんが、そんなことを言ってくれてすごく嬉しかった。だから、私はその言葉を信じます。いえ、信じたいんです」

「……」

「だから、やっぱり帰ります。紅茶、ごちそうさまでした――」

そう言って椅子から立ち上がると、クイーラさんは大きな声で叫んだ。

「なんで来るのよ!!」

いきなり怒鳴られた意味がわからず、私は固まってしまった。

しかし、クイーラさんの視線はどうやら私の後ろに向いている。恐る恐る振り返った瞬間、私は目を見開いた。

「――迎えに来た」

いつの間にそこに立っていたのだろう。全然気付かなかった。

総指揮官殿、来てくれたんだ――

扉の側に立つ彼の薄い青の瞳は細められ、表情があまり感じられない。だけど、その無表情さがすごく懐かしい気がして、思わず笑顔になる。

一方、クイーラさんは烈火《れっか》のごとく怒っていた。

「アリオス！　何故あなたが来るのよ！」

「クイーラの行動は監視させていた」

「今日は屋敷《うち》に泊まるって伝言したでしょ!?　女同士積もる話がたくさんあるのよ！」

「門限は日が傾く前と決まっている」

「は!?　どこの子供の決まりよ、それは！」

「先程決めた」

総指揮官殿がこれほど間を置かずにしゃべっているのに、それに負けないクイーラさんの勢いもすごい。ある意味感心してしまう。

騎士団の人達なら、こんなに言い返すことは出来ないはずだ。彼のもつ雰囲気にあてられて怖気《おじけ》付いてしまう人も多いと聞く。

そもそも、クイーラさんは何者なの？　クイーラさんと総指揮官殿の関係は？

やっぱり親しい仲――なのだろうか。胸がチクリと痛んだ。

いやいや、過去は気にしないと、さっき決めたばかりだもんね！

「相変わらず可愛げのないその態度。小さい頃から変わらないわね」

「クイーラも全然成長しない」

「まあ、なによ、その言い方！　どういう意味よ！」

だけど二人の会話を聞いていると、どうしても元恋人という関係がしっくりこないと思うのは、私の気のせい？　でもキス……した仲なんだよね？

混乱して交互に二人を見つめていると、その視線に気付いた彼女が叫ぶ。

「ケイト！　早く目を覚ましなさい！　アリオスはこんなに無表情で面白みもない男よ！」

いきなり話の矛先《ほこさき》を向けられた私は、驚いて姿勢を正した。さらにクイーラさんはまくしたてる。

「アリオスみたいな男なんて、まっぴらごめんよ！　その点、ケイトは表情がくるくる変わって可愛らしいわ。少し意地悪すると泣きそうなところとか、ますます虐《いじ》めたくなるじゃない！　自分にはない小さいがゆえの可愛らしさ！　くりっとして可愛い目、スイーツをほおばる小さいお口！　食堂のエプロン姿なんか愛くるしすぎて、つい食堂に通ってしまったわ」

口を挟む隙もなく力説しだしたクイーラさんに、私は呆気にとられてしまった。

「私が仲良くなりたいのは、ケイト！　あなたよ!!」

突然、クイーラさんに指差されて、驚いて口を開ける。

そして瞬《まばた》きも忘れて突っ立っている私に、総指揮官殿は低い声でつぶやいた。

「クイーラは女性を好む――今回のお目当てはあなただ、ケイト」

「そうよ、私は可愛い子が大好きよ！　ケイトは一目で気に入ったわ」

カミングアウトを始めたクイーラさんの発言は、私の予想を斜め上にいくものだった。

「それなのに隣には、ちっとも可愛くない仏頂面のアリオスがいるし。これじゃあケイトの可愛さが半減してしまうわ。もったいない！」

クイーラさんは私にだけにっこり微笑むと、総指揮官殿に向かって再度目を吊り上げて言った。

「涼しい顔しているけど、本当は私を訪ねていると聞いて気が気じゃなかったんでしょ。内心焦ると片耳が少し動く癖《くせ》、変わってないようね」

「……」

「ああ、嫌だ！　あんた達ランバートン兄弟にかかわると、ろくな事がないわ。幼い頃の腐《くさ》れ縁なんて丸めて捨てたいわよ。ポイよ、ポイ!!」

ヒステリックな叫び声を黙って聞いている私達に、さらなる乱入者の声が聞こえた。

「久しぶりだな、クイーラ!!」

部屋の扉を思いっきり力いっぱい開け放った人物は、そのまま部屋の中をぐるっと見回した。

さらさらした茶色の髪に、薄い青の大きい瞳を輝かせ、口の端には不敵な笑みを浮かべている。

あまりにも堂々とした登場の仕方に驚いていると、兄上殿と目が合った。

「ケイト！　変な人物には要注意だ。弟も私も心配したぞ！」

「兄上殿……」

本当に私を心配してくれていたとわかる、そんな声だった。

すると、まるで地を這《は》うようなクイーラさんの声が聞こえてきた。

「あんたも来たのね……この変態！」

「君にだけは言われたくないな、この変態！」

爽《さわ》やかな笑顔を見せる兄上殿だけど、その背後からは怒気を含んだオーラを漂《ただよ》わせている。

今度はクイーラさんと兄上殿が対峙《たいじ》した。

「エディル！　あなた、私が狙っていたフェルザ嬢に手を出したでしょ!?」

「手を出したなんて人聞きの悪い。私はただ食事に誘っただけだ」

「それよ！　フェルザ嬢はいきなり好きな人が出来たとか言い出したわ。もう少しでうまくいきそうだったのに……まったく、いつもいつも忌々《いまいま》しい!!　何の恨みがあって、私の恋路を邪魔するのよ！」

「何の恨み？　それをクイーラが聞くのか！　お前は奪っただろう、清らかでこの世の中で最も美しいものを！」

「十年前のことをまだ根に持っているわけ？　粘着質な性格は相変わらずね！　『眉目《びもく》秀麗《しゅうれい》、知性にあふれるランバートン家のエディアルド様』。そんな世間の評価が聞いて呆れるわ！　あんたなんて嫉妬に狂った、ただの愚かな男よ！」

部屋中に、高らかに嘲笑《あざわら》うクイーラさんの声が響き渡る。兄上殿は悔しそうに、顔をゆがめて舌打ちしていた。

あの……誰か説明してくれませんか。私、なんだか置いてけぼり……

兄上殿のことを「エディル」と愛称で呼ぶあたり昔からの付き合いなのかな、とは思うけど。

私の戸惑っている様子に気付いた兄上殿は、少し落ち着きを取り戻し、部屋にあったソファに勝手に腰かけた。

そうして長い足を組み、天井を仰《あお》ぐと、その整った顔の眉間に皺《しわ》を寄せて深くため息をついた。

「ケイト、少し昔話をしようか――」

そう切り出した兄上殿は、淡々と語り始めた。

昔――いや、年数にすれば『過去』と簡単に一言でまとめることが出来るのかもしれないが、私、エディアルドにとっては昨日のように思い出せる出来事だ。

あれは父に連れられ、父の友人の屋敷に遊びに行った時のこと。

その屋敷には私と弟と年齢の近い一人の少女がいて、幼い頃は一緒によく遊んでいた。

しかし、やはり男女ということもあり、やがて一緒に外を駆け回ることは少なくなってきていた。

もっとも、その少女は会うたびに生意気なことを言い、口やかましくもなってきたので、私としてはその方が都合が良かった。そうすれば弟と二人の時間を過ごせるからだ。

屋敷の隣には、広大な緑の森が広がり、私と弟はそこでよく乗馬などして遊んだ。

その日も馬を走らせた後、喉が渇《かわ》いた私は弟をその場に残し、一人で屋敷に水を飲みに行った。

――これが私の人生においての、大きな過《あやま》ちだったのだ。

水を飲み終え、弟のもとへ足早に戻った。

木陰《こかげ》で休んでいる弟にこっそり近づいて、いきなり茂《しげ》みから顔を出したら、どんな反応をするだろうか。

口数が少ない弟の驚く顔が見たいと思い付き、忍び足で茂みの隙間から弟の姿をのぞき見る。

木に寄りかかり、長い足を投げ出して座っているその横顔は、我が弟ながら整ってい
る。そんな弟をこのままずっと見ていたい気持ちになるくらいに。

すると目の前に突如《とつじょ》、障害物が現れた。

次の瞬間、私の目に飛び込んできたのは、弟の両頬を掴んで上を向かせ、無理矢理口
づけをしている、生意気で口やかましい屋敷の少女――クイーラの姿だった。

私は卒倒するかと思った。茂みから飛び出し、二人を引き離そうと思うのだが、ショッ
クのあまり足が動かず……

時間にすればものの数秒なのだろうが、私には何時間もの拷問《ごうもん》に感じられた。

そのうち、クイーラは弟から唇を離した。

『――やっぱりアリオス、無理だわ』

『……』

『はっきりわかったわ！　私は男性ではなく、女性に心がときめくってこと』

『……』

『ちょっと！　なに、興味もなさそうに手の甲で唇を拭いているのよ。仮にも私とのキスなんだから、少しは喜んだらどうなの？　失礼しちゃうわね！』

クイーラが無理矢理、純真無垢《じゅんしんむく》で穢《けが》れを知らない弟の唇を奪った。

それも、自身の嗜好《しこう》を確認するためだけに、弟の了解を得ずに勝手な行為に走ったのだ！

おのれ、許さんぞクイーラ。私の大事な弟の唇を――!!

兄として、弟の初キスは素晴らしい相手と、思い出に残る舞台を用意してやろうと思っていたのに、いきなり横から現れてかっさらうような真似をしたクイーラを、私は断じて許さない!!

そんな羨《うらや》ましいことを……いやいや!!　弟の柔らかそうな、採れたて果実みたいなみずみずしい唇を、よくも汚してくれたな。

この件は高くつくぞ、クイーラ。覚えておけ!!

決して私は忘れない……！

始終、苦悩の表情を浮かべていた兄上殿の回想が終了した。

そして兄上殿は、いきなりソファから立ち上がり、クイーラさんを指差して叫んだ。

「クイーラ、君が弟を汚したんだぁ！」

「相変らず変態ね」

吐き捨てるように言ったクイーラさんは鼻で笑った後、負けずに言い返す。

「いいじゃないい。別に。減るもんじゃないし」

「いいわけがないだろう!!」

クイーラさんはめんどくさそうに、長い巻き髪をかき上げる。

「そんなにアリオスとのキスが羨ましいなら、エディルもしてもらえばいいのよ」

「…………えっ？」

呆気にとられた兄上殿は、次の瞬間、頬を赤く染めた。

そわそわしながらチラチラと総指揮官殿を見る兄上殿は、まるで恋する乙女だ。

それを見たクイーラさんは高らかに笑う。

「冗談に決まってるでしょ、バカね」

「——変態」

追い打ちをかけるかのように、総指揮官殿も凍える程冷たい視線と共につぶやいた。

「クイーラのせいで可愛い弟の口から、私を変態扱いする言葉が出たじゃないか!!」

「それは私のせいではないわよ」

過去の話を聞き、今までのやりとりを見た私は、兄上殿がクイーラさんを毛嫌いする理由がものすごく納得できた。

クイーラさんは忌々《いまいま》しそうに続けた。

「だからといって、あれ以来私が気に入った子にちょっかいを出して、私の恋路を邪魔するの、いい加減やめてよね！　それに何年経ったと思っているのよ。粘着質も大概にしてちょうだい！」

またもや騒ぎ始めた二人を唖然として見ていた。そしてふと気付けば、いつの間にか総指揮官殿が私の隣に立っていた。

顔を上げると、総指揮官殿は私を真っ直ぐに見つめていた。私もその視線を受け止める。

総指揮官殿の瞳に私が映る――

その瞳の色は兄上殿と同じ、薄い青。性格も雰囲気も、ちっとも似ていない兄弟だけど、瞳の色はよく似ているのだな、と思った。だけど、似ているのは色だけ。兄上殿は大きな瞳を興味深そうにくるくる動かすけれど、総指揮官殿の切れ長の瞳は思慮深く、いつも落ち着いている。

改めてその違いに気付いたら、なんだかおかしくなってきた。

すると、黙ったまま私の顔を見つめていた総指揮官殿が、唐突に口を開いた。

「――心配した」

「あ……」

そうだった、今日はアデルにだけ行先を告げて、こっそり出て来たんだった。

「ごめんなさい」

素直に謝った私を見て、総指揮官殿はうなずいた。

「クイーラには譲れない」

無表情な総指揮官殿が、眉間にほんの少しだけ皺《しわ》を寄せて真面目な顔で言うから、失礼だとわかっていても笑ってしまった。

「クイーラさんの告白には、ちょっとびっくりしましたけど、恋愛対象ではないです」

そう言うと、総指揮官殿の眉間の皺がかすかに薄くなる。

「ワイングラスの件はすまなかった」

思わぬ総指揮官殿の謝罪に驚いた。

「いえ、形ある物はいつか壊れますから」

こうやって話していると、今朝までの微妙な空気はなくなっているのを感じてホッとする。

私と総指揮官殿が話しているのにいち早く気付いたクイーラさんが叫ぶ。

「ちょっと、そこ！　二人の世界に入らないでくれる!?」

クイーラさんに指摘され、顔が瞬時に赤くなる。

そんな私の様子を見て、クイーラさんは肩をすくめると大きなため息をついた。

「あ〜、もうやめやめ。幸せそうな二人に、ちょっと意地悪したくなったのよ。それに、そこにいるバカ兄に恨みもあったしね」

「む!?　バカとはなんだ、バカとは！」

自分のことを言われたと気付いた兄上殿はすかさず反論するが、それを無視してクイーラさんは続けた。

「せっかくアリオスと別れさせた後、その傷心状態につけこんで私と仲良くなる計画を立てたのに」

泊まっていかなくて良かった！

未知の世界の扉を開けてしまう手前だったのかしら。迎えに来てくれた総指揮官殿と兄上殿には心底感謝しなくては――そう思った時だった。

「――クイーラ」

いきなり隣から地を這《は》うような低い声が聞こえた。

「悪ふざけもいい加減にしろ。次は容赦せず、それ相応の対応をさせてもらう」

その瞬間、空気が変わる。

この顔こそが、部下達から鬼の総指揮官殿と言われ、恐れられている顔なのか。

眉間の皺が深く刻まれ、目つきは鋭い。威嚇《いかく》しているのだろう、放つ空気は怒気を含む。さすがに彼女もやばいと感じたらしく、背筋を伸ばして言った。

「わかったわよ、謝るわよ！」

そうして私に向き合うと、真面目な顔をした。

「……ごめんね、ケイト。嘘をついて混乱させたわ」

「嘘つきは罰せられるがいい！」

「うるさいバカ兄、黙れ！　私のめったにない真剣な謝罪を黙って聞け！」

横から水をさした兄上殿に、クイーラさんは鋭い眼差しを送る。

やはり最後は、騒々《そうぞう》しく言い争う兄上殿とクイーラさんだった。

そんな二人は温かく見守ることにして、私は隣に立つ総指揮官殿に顔を向けた。

「お迎え……ありがとうございます」

小声で総指揮官殿にだけ聞こえるようにお礼を言うと、彼は腕を組んだまま私にゆっくり視線を投げる。

「無事で良かった」

何故、そんなに優しい声で、そっとつぶやくのだろう。

口の端がほんの少し上がり、目を細めて私を見ている。

めったにない、その笑顔を見た途端、私の胸の奥がキュッと締め付けられるような甘い感覚にとらわれる。

この人のこんな微笑を向けられる私は、すごく幸せなんだ——

心の底からそう思ってしまった。

何故か涙が出そうになったけど、慌てて笑顔で誤魔化《ごまか》す。

そんな私にクイーラさんが声をかけてきた。

「ねえ、ケイト！　私たちお友達よね？　恋人は無理でもお友達にはなってくれるわよね？」

「……えっと」

ただのお友達なら大歓迎だけど、クイーラさんの言うお友達とはどういう種類のお友達なのかしら。

だけど、友達になりたいと言われて嫌だと言える人はいない。

「お友達なら……」

「やったあ！　お友達っていい響きよねー！」

喜んではしゃぐクイーラさんから私を庇《かば》うように、総指揮官殿が声を発した。

「――帰る」

「そうだな。これ以上クイーラのところにいるなんて、まっぴらごめんだ！　早く帰ろう弟よ!!」

兄上殿はそれを聞くと、総指揮官殿と私の後ろについて来た。

「早く帰れ！　変態バカエディル!!」

クイーラさんは忌々《いまいま》しそうに、だけど少し呆れながらも笑顔で見送ってくれた。

きっと幼馴染《おさななじみ》って、本人達にしかわからない固い繋《つな》がりがあるんじゃないのかな……

そう思ってしまったら、ちょっぴり妬《や》けた。――なんて秘密だけどね。

その後、総指揮官殿と兄上殿と三人で屋敷に戻ってきた。兄上殿は門の前で私たちに笑顔を向けた。

「じゃあね、ケイト。私は帰るよ」

「えっ、そんな！　帰らないでください」

ちょうど夕食時だから、兄上殿も一緒に食べていけばいいのに！

「気持ちは嬉しいが、ケイト。誤解も解けたし、今日は弟と過ごすがいい」

兄上殿は私たちに気を遣ってなのか、すぐに去ろうとする。

「では、また」

「なんだか心配かけちゃったみたいで、お迎え……ありがとうございました」

「いやいや。私はただクイーラが接近中だと弟に教えただけだ。そこから注意して動向を窺《うかが》っていたのは弟だから、私は何もしていない」

すると、少し離れた場所から私たちを見守っていた総指揮官殿が、静かに口を開いた。

「――兄」

呼ばれた兄上殿は、ゆっくりと視線を総指揮官殿に向けた。

「――今日は感謝する」

たった一言だったけど二人には、それで通じ合えるのだろう。

兄上殿はしばらく無言で、総指揮官殿の顔を見つめていた。交差する兄弟の視線を、私は横で黙って見守る。

やがて兄上殿はその綺麗な顔に微笑を浮かべ、何も言わずにうなずいた。余計な言葉はいらない、視線で会話する二人。

穏やかな空気が流れ――

「お……弟よぉぉぉーー!!　やっぱり一緒に食べていくうぅぅぅーー！」

「まず帰れ」

やっぱりぶった切ったのは兄上殿で――

そして弟に抱きつこうとした兄上殿は、総指揮官殿に思いっきり拒否られていた。

いいなぁ、兄弟って。いくつになっても、こうやってじゃれ合うものなのかしら。きっと二人には、私にはわからない絆《きずな》があるのだろう。

そうして兄上殿を見送った後、総指揮官殿と一緒に食事をとる。

今朝までの重々しい空気はなくなり、とても安らぐ時間だった。

メニューは野菜スープとクルミパンに、魚のムニエル。デザートはクリームサンドだ。

いつもの食事風景なのに、気持ちひとつで食事も美味《おい》しく感じるのだから、私ってば現金だなぁ。

特別いつもより会話が弾むという訳ではないけれど、二人で同じ食卓に向かい合い、美味しい料理を食べることが出来るって幸せなのだと感じる。

そうして最後は紅茶で締めくくった。総指揮官殿はワインを飲んでいる。

「今日も美味しかったです。――ごちそうさまでした」

総指揮官殿は黙ったまま私を見ている。どうしたんだろうと思いながら、私は改めて感謝の気持ちを述べることにした。

「お迎え、ありがとうございました」

さて、お腹もいっぱいになったし、総指揮官殿もお迎えで疲れているだろうから、早々に部屋に戻るとしますか。

その時、ふと総指揮官殿と目が合った。その瞳は、何かを言いたげに一瞬だけ揺れる。

ん？　と思って見つめていても何も言わないので、こちらから声をかけてみた。

「どうかしましたか？」

「……」

総指揮官殿はずっと黙っているので、私の気のせいだったと思い、椅子から立ち上がった。

すると、彼は急に椅子から立ち上がり、私に向かって一直線に向かって来た。

足早に近づいてくるその様子に思わず後ずさってしまう。

だ、だって、鬼気《きき》迫る雰囲気に呑まれて驚いたんだもの。

「ど、どうしました？」

何だか珍しく余裕のない態度の総指揮官殿を不思議に思いながらも聞いてみる。

すると彼は瞬《まばた》きを一つした後、腰を低く折り、私と視線を合わせてきた。

薄い唇がゆっくりと開かれる。

「口づけを――」

してもいいかと、耳元でささやかれた。

弾かれたように顔を上げた私の視線の先には、真剣な顔をした総指揮官殿。

わざわざ聞いてくるところが律儀《りちぎ》な人だと思う。……だけど、聞かないで欲しい。照れるじゃない。

それに――ダメじゃない。心の中で喜んでいる自分がいる。

なんて言えばいいのかわからずに、黙ったままうなずいた。きっと今の私は真っ赤だろう。

総指揮官殿がさらに一歩、近寄る。距離の近さと彼の体温を感じて、私は目を閉じた。

そっと頬に手が添えられ、ふわりと舞う総指揮官殿の爽《さわ》やかな香り。

その瞬間、私のおでこに感じた柔らかい感触。吐息まで感じてしまい、心臓がどきどきしてしまう。

だけど……少し残念に思った。おでこだけなの？　って。でも、そんな恥ずかしいことを自分から口に出来る訳がない。

おずおずと上目遣いで見ると、総指揮官殿の瞳とぶつかる。

不意に壁に体を軽く押し付けられたので、驚いて顔を上げる。そこには切れ長の瞳を潤《うる》ませながら、真剣な表情で私を見ている彼がいた。

初めてこんなに近くで彼の顔を見ているという事実。

切れ長の瞳。すっと通った鼻筋。薄くて形のいい唇。その整った顔立ちに思わず見惚《みと》れてしまう。

表情はやっぱりわかりにくいけど、眉間には少し皺《しわ》が寄っているのはわかる。困惑している時や、何か言いたい事があるのに口に出来ないとき、たまにそうなるのだ。

——今、何か我慢しているのかしら？

私は手を伸ばして、総指揮官殿の眉間に触れた。ほぐすつもりで人差し指で触れてみる。

「ほぐして、ほぐして」

呪文のように唱えながら、思わず笑ってしまった。

だって、真面目な顔で黙って私に眉間をぐりぐりやられている総指揮官殿なんて、誰が想像できるかしら。部下達が見たらびっくりだろう。レスターなんて、青ざめるかもしれない。

ふと我に返って上を向くと、総指揮官殿と目が合う。

視線が混じり合った瞬間、広く大きな両手で頬を支えられ、反射的に上を向いた。

「ケイト」

見つめられたまま名を呼ばれて、一気に心拍数が上がる。

「不安にさせたのならすまなかった」

「アリオスさん……」

ああ、彼は私の気持ちを理解してくれた——

次々と胸にこみ上げてくる想い。

そして——唇に感じる、柔らかい感触。

あまりにも突然で、でも自然に重ねられた唇に、目を閉じることもできずに固まってしまう。

壁を背にして両頬を挟まれているので、身動きが取れない。だけど、それでもいいと思いながら目を静かに閉じ、そのまま身を任せた。

柔らかい感触に驚きながらも、心の中では嬉しいと……もっと私を求めて欲しい……

そう思う私はわがままなのかな。

「ん……」

やがて、温かい感触が私の口の中に侵入してくる。

ほのかなワインの香りを感じる。熱い舌を感じて身も心もとろけそうになる。

優しく、だけど次第に情熱的になってくる総指揮官殿の動きに上手く応えたくても、出来ない。

「んっ……はぁっ……」

そのうち息が続かなくなってきた。苦しくなって、限界とばかりに胸を叩いて合図を送る。

しかし彼の厚い胸板では、私の合図もきっと届いていないに違いない。私の精一杯の行動も、軽く撫でられた程度にしか感じていないのかも。

頭がくらっときた瞬間、それにいち早く気付いた総指揮官殿が身を起こした。

情熱を含んだ口づけからいったん解放された後、私は情けないことに、ずるずるとその場にへたりこみそうになる。

足に力が入らなくて崩れ落ちそうになったところを、総指揮官殿に助けられる。

私はそのまま身を任せた。恥ずかしくて顔も真っ赤だろうし、酸欠状態もいいところだ。

だ、だって！　こんなに情熱的な口づけをするなんて聞いていないよ、総指揮官殿！

私は自分の経験値のなさを嘆《なげ》いた。

だけど、逞《たくま》しい腕に支えられて、その力強い胸板に寄りかかり、私は幸せだって思えた。

この世界に来て、一見怖そうに見える総指揮官殿の心の温かさに触れて、出会えて良かったって思えるの。

総指揮官殿の胸の中で呼吸を整えて、顔を上げる。

心配そうに私の顔をのぞき込む総指揮官殿の瞳を見つめ、微笑んだ。

「好きです、総指揮官殿――いえ、アリオスさん」

胸に広がる感情を、私は自然に口にしていた。

総指揮官殿は一瞬弾かれたように口を少し開け、切れ長の瞳を見開いた。

あっ!!

その時、私は信じられないものを見た。

あの冷静沈着と言われる総指揮官殿の顔が、うっすらと赤くなっていたのだ。

初めて見た彼の照れた表情に、私は驚きのあまり固まってしまう。

しばらくして、私の頬が再び彼の大きな両手で包まれたと思った途端、さっきよりも激しい口づけを真上から落とされた。

いつも冷静沈着な彼の姿からは想像もつかないほどの情熱的な口づけ――。そのギャップにくらくらしながらも受け止める。

これからも側にいて、まだ私の知らない彼の一面をのぞいて見たいと思った。

だからこれからも……

よろしくお願いします、総指揮官殿!!

書き下ろし番外編

兄上殿への贈り物

いつものように食堂で働いていると扉が開き、来客を告げるベルが鳴る。

「やあケイト。今日も頑張っているね」

「いらっしゃいませ、兄上殿」

振り返って出迎えた先にいたのは、優しい笑みを浮かべた兄上殿だった。そして食堂に入ってくるなり、いきなりこんなことを言い出した。

「急で申し訳ないがケイト、来週予定は空いているかい？」

「来週ですか？」

「美味《おい》しい料理を皆で囲んで、楽しいお食事会をしよう。珍しいマートリーの肉が手に入ったのだよ」

マートリーの肉は柔らかくて旨味《うまみ》が多い、高級食材だ。私はまだ口にしたことがない。

「それは美味しそうですね!!」

ぜひ味わってみたいと兄上殿の提案に飛びついた私は、食い意地が張っている。

「じゃあ、はっきり決まったら連絡するよ」

「では総指揮官殿もお誘いしますね」

「よし、その件はケイトに任せた!!」

そうして私と兄上殿は、約束を取り付けたのだった。

早速その日の夜、総指揮官殿にその話を持ちかけた。

「来週、兄上殿にお食事会に誘われました。一緒にどうですか？　兄上殿にお渡ししたい品物もありますし」

「……」

その微々たる表情の変化から、総指揮官殿があまり乗り気じゃないことがわかる。

ここは無理強いしてもダメかと思って、私は引いてみた。

「では、私が一人で兄上殿のお屋敷に行ってきます」

そう告げた途端、少し思案した素振りを見せる。

「行く」

やがて総指揮官殿は、そう一言だけ答えた。

やったね、作戦成功。もっとも表情にこそ表れないが、見かけによらず心配性な彼だ。

過保護な総指揮官殿は、私が一人で兄上殿の屋敷に行くのを心配するはず。行きの道中で迷子になったりとか、攫《さら》われたりとか、色々な心配をするらしい。

彼の扱いがここ最近わかってきた。そんな自分自身にも苦笑する。


そして当日、私と総指揮官殿は兄上殿の屋敷に到着した。

「少しだけ緊張しますね、総指揮官殿」

私は立派な屋敷を見上げ、隣に立つ総指揮官殿に声を掛けた。

「総指揮官殿は、ここへよく来られるのですか？」

「……いや」

相変らず反応の薄い総指揮官殿だけど、この反応は至って普通であって、別段彼は機嫌が悪い訳ではない。

「楽しみですね、兄上殿とのお食事会だなんて」

私は総指揮官殿に笑いかけたあと、扉を叩いた。

＊　＊　＊

「やあやあ、よく来てくれたね！　ケイト！　そして我が弟よ!!」

両手を広げて歓迎してくれたのは兄上殿。

「ケイトを呼べば、必ず弟も来ると思っていたよ。ふふ、この兄の思惑通り!!」

兄上殿は上機嫌に鼻歌交じりで、飛んだり跳ねたりしている。

その姿は、まるで一人ミュージカルみたいだ。総指揮官殿が自分の屋敷に来て、よほど嬉しいのだろう。子供みたいにはしゃいでいる。そんな兄上殿の過剰な愛情表現に、私もだいぶ慣れてきた。

そして執事のデリックさんから、広間に案内された。

「さあ、ケイト座って」

「はい」

兄上殿に促されると、総指揮官殿がそっと椅子を引いてくれた。こんな些細な気遣いがとても嬉しい。いつも紳士的な態度を取る彼に少し照れてしまう。

私が頬を染めて席についたその時、徐々に広間へと近づいて来る足音に気付く。皆も気付いたらしく、扉へと顔を向けている。

「ケイト！　今日はお招きありがとう!!」

そう言って、ド派手に扉を開けてこの場に登場したのはなんと、クイーラさんだった。

「大丈夫!?　エディルの屋敷で食事会だなんて、この兄弟に変なことをされなかった？

怖い思いをしたでしょう⁉」

クイーラさんは、呆気に取られている周囲を華麗に無視している。

「ク……クイーラ！　来たな、魔女め‼　なぜここにいる⁉」

「誰が魔女よ。この変態エディル！」

兄上殿とクイーラさんの言い争いが始まったが、これはこれで、二人が幼馴染《おさななじみ》である友情の証《あかし》なのだ。……きっと。

「つい三日前にケイトの顔を見に、食堂へ行ったのよ。そうしたらケイトが、エディルの屋敷に招待されたって言うから、私も来たのよ」

「呼んでない！　呼んでないぞ‼」

「あら、いいじゃない。ケイトだって、むさ苦しい男二人よりも、同じ女性がいた方が楽しいでしょう」

クイーラさんは私に笑顔を向ける。

「ねっ、ケイト」

「は、はい」

もうここまできたら、皆で仲良く食事会を始めましょう。そう思った時、兄上殿が盛大なため息をついた。

「……仕方あるまい。可愛いケイトは優しいから、この魔女がつけあがる。だが、ケイトの可愛さに免じて、今回のみ同席を許そう。喜べ、クイーラよ!!」

「まったく、いちいち癪《しゃく》に障《さわ》る言い方ね!!」

そう言いながらも、クイーラさんも席についた。

総指揮官殿の顔を横目でチラリと見ると、クイーラさんを見て、面倒だと言わんばかりの視線を投げていた。

そうして皆が揃ってのお食事会がスタートした。

テーブルの上に所せましと並べられた料理から、自分が食べたい分だけ盛り付けて食べるという形式だ。

「この方がいろいろ食べられるだろう?」

どうやら兄上殿の提案らしい。どの料理も素晴らしい盛り付けで、見た目も美味《おい》しそうだ。こうやって皆で顔を合わせて食事するのって、たまには賑《にぎ》やかで楽しいな。

まずはメインであるマートリーのお肉を皿に取り、口に入れた。

「美味《おい》しい!!」

私は初めて食べた味に衝撃を受けて、思わず叫んでしまった。

柔らかなお肉は口に入れた途端、トロリと溶けて、旨味が広がる。脂が多いけどしつこくない味で、癖《くせ》がない。その美味《おい》しさに感動すら覚えた。

ふと、総指揮官殿が私を見ていることに気付いた。彼はすかさず私の皿にマートリーの肉を盛り付けた。それも大量に。

「わ、わ、わ。総指揮官殿ありがたいけど盛り過ぎです。食べきれません。それに皆さんの分がなくなってしまいます」

高級食材なのに、ひとり占めしては申し訳ないと慌てる。

「食べた方がいい」

「でも……！　そんなに食べては太りますから!!」

「太っても構わない」

総指揮官殿～!!　私を甘やかしすぎですから。お言葉に甘えると、ブクブク太ってしまって私が困ります。

「ケイト、遠慮せずに食べてくれ。まだたくさんあるのだから。それに弟は、ケイトが美味しそうに食べている姿を見るのが好きらしい」

「……」

「ははは！　図星だな。この兄は我が弟のことは、なんでもわかるのだ」

そうして結局、周囲の強い勧めとお肉の誘惑に負けた私は、再度お皿に手を伸ばした。

口に入れたお肉は、やっぱり美味しい。盛り過ぎとか食べきれないとか言ったくせに、いつの間にか皿は空になっていた。その食べっぷりに、自分でもびっくりだよ！

＊＊＊

そろそろ食事会も終盤に近づいた。美味しい料理に舌鼓《したつづみ》を打ち、私はもうお腹いっぱいだ。タイミング的に、もういい頃かしら？

「あの兄上殿、今日はお招きいただいて、本当にありがとうございました」

「いや、私の方こそありがとうだよ、ケイト」

「あの、これ――」

私はラッピングされた小さな箱を差し出した。

「兄上殿、先日お誕生日だったのでしょう？　当日渡せたら良かったのですけど、なかなかタイミングが合わなくて、遅れてしまってごめんなさい。これは私と総指揮官殿からの贈り物です。二人で選んだので、使って下さい」

「……」

兄上殿は私の手元を凝視して、たっぷりと長い時間固まっていた。

「これを……私に？」

やがて兄上殿が、震える声を絞り出した。

「ええ。総指揮官殿から兄上殿の誕生日だったと聞いていましたので」

それを聞いた兄上殿は私の手元から、ゆっくりと顔を上げた。総指揮官殿に一度視線を投げたあと、私の顔を見る。兄上殿の瞳は感動のあまりか、潤んでいた。

「ありがとうケイト!!」

「きゃーー!!」

感極まって抱き付いてきた兄上殿に、私は思わず叫び声を上げた。すかさず総指揮官殿が間に入り、兄上殿を引きはがす。

「ありがとう我が弟よ！　持つべきものは兄弟だ！」

すると次に兄上殿は、総指揮官殿に抱き付こうとした。……もちろん、その前に総指揮官殿が上手くかわし、未遂に終わる。だが、さすがの兄上殿はめげない。

「贈り物も嬉しいが、弟が私の誕生日を覚えていてくれた……!!　嬉しすぎて天にも昇る気持ちだ!!」

「あら、エディル。なんならそのまま、天に召されてもいいわよ？」

クイーラさんの軽口も気にせずに、兄上殿は続けた。

「この素敵な贈り物を、開けてもいいかい？」

「ええ、どうぞ」

兄上殿はわくわくした様子で箱を開けた。中から出てきたのは――

「すてきな万年筆だ!!　デザインも素晴らしいし、とても書きやすそうだ」

どうやら兄上殿は気に入ってくれたらしくて、ホッと胸を撫でおろす。

「それにしようと決めたのは、総指揮官殿なのですよ」

そう言葉をつけたすと、兄上殿が総指揮官殿に視線を向ける。

「――仕事に励め」

「ああ、ありがとう。大事に大事に大事にする！　そして眠る時も一緒のベッドで共に寝よう！　そうだ、この万年筆は『アリオスから愛をこめて』と名付けよう!!」

「そのまま寝て潰しちゃえ!!」

兄上殿は、茶々を入れてくるクイーラさんに顔を向けた。

「さきほどからクイーラは、素直じゃないな。ケイトと弟を見習って、私におめでとうという言葉ぐらいはないのか？」

「あるわよ、ほら」

そして無造作にポイと投げられたのは、小さな包み。リボンが巻かれているけれど、それはもしかして――

「開けてごらんなさいよ」

「まさか爆発するのではあるまいな……？」

怪しみながら箱を空けた兄上殿。

「これは……」

小さな包みの中から出てきたのは、シルバーのカフリンクス。これでブラウスの袖口を留めれば気品も出ておしゃれだ。さすがクイーラさん、センスが光っている。

「ありがとうクイーラ」

兄上殿が素直にお礼を言うと、クイーラさんは満更でもなさそうだ。

「しかし一つ疑問に思う。このカフリンクスの件といい、もしやクイーラの本命は私なのか……？」

「あーないない。それだけはないわ」

「だが断るッ!!」

「だからないって言ってるでしょ！　しかもなぜ私が振られる形になっているのよ!!人の話を聞きなさいよ!!」

二人の掛け合いが面白くて思わず噴き出してしまった。

「ところでエディル。私の誕生日は来月だからね。楽しみにしているわ」

「毎年これだ。ちょっとは遠慮を知りたまえ。それに贈り物をしてくれる相手もいないとは、まったく嘆かわしいな」

「あんたにだけは言われたくないわ、エディル！」

言い争う二人を見て微笑ましいと思ってしまい、つい本音を口にする。

「兄上殿とクイーラさんって仲良しですね」

「やめてくれ!!」

「やめてよ!!」

それがほぼ同時に二人から発せられたので、声を出して笑ってしまった。

それからも兄上殿は、本当に嬉しそうに万年筆を見つめていた。

日頃は素っ気ない態度を取っている総指揮官殿も、彼なりに兄上殿を気遣っているのだろう。私には兄弟がいないから、余計に二人が羨ましいと思ってしまう。

「いいですね、兄弟って!!」

「何を言っているケイト。すでに君は私の妹のようなものだ。だから遠慮せずに、私を兄と思って頼ってきてもいいのだよ？」

「は、はい」

兄上殿の申し出に驚くけれども、素直に嬉しい。

「だから呼んでみたまえ！　『お兄ちゃん』と！　なんなら弟と二人で呼んでみるがいい!!」

「――呼ぶものか」

「ああ、弟よ、そのつれない態度。だが……そこも可愛い!!」

結局、最後まで兄上殿のテンションは高かった。けれども、よほど嬉しかったのだろう。

そして私は一つ、気づいてしまった。

贈り物を開けた兄上殿のはしゃぐ様子を見た総指揮官殿の頬が、一瞬だけ嬉しそうに緩んだのを。

ああ、やはり兄弟って、固い絆《きずな》で結ばれているのかもしれない。

総指揮官殿に言ったら、嫌がりそうだから内緒だけどね。


今夜は充実した食事会だった。また皆とこうやって美味《おい》しい物を食べて、会話を楽しんで過ごしたい。

「兄上殿がすごく喜んでくれて良かった。また遊びに来ましょうね、総指揮官殿」

帰りの道でそう話しながら、兄上殿の屋敷をあとにした。

レジーナブックスは新感覚のファンタジー小説レーベルです
ロゴマークのモチーフによって、その書籍の傾向がわかります。
異世界トリップ
剣と魔法
恋愛
Web限定!
Webサイトでは、新刊情報や、
ここでしか読めない、書籍の番外編小説も!
新感覚ファンタジーレーベル
レジーナブックス
Regina
レジーナブックス
Regina
いますぐアクセス!
レジーナブックス
検索
http://www.regina-books.com/
RB
レジーナ文庫
創刊!
あの人気タイトルも
文庫で読める!
今後も続々刊行予定!

本書は、2013年12月当社より単行本として刊行されたものに書き下ろしを加えて文庫化したものです。

RB

レジーナ文庫

総指揮官《そうしきかん》と私《わたし》の事情《じじょう》1

夏目《なつめ》みや

2015年2月20日初版発行

文庫編集－橋本奈美子・羽藤瞳
編集長－塙綾子
発行者－梶本雄介
発行所－株式会社アルファポリス
〒150-6005 東京都渋谷区恵比寿4-20-3 恵比寿ｶﾞｰﾃﾞﾝﾌﾟﾚｲｽﾀﾜｰ5階
TEL 03-6277-1601（営業） 03-6277-1602（編集）
URL http://www.alphapolis.co.jp/
発売元－株式会社星雲社
〒112-0012東京都文京区大塚3-21-10
TEL 03-3947-1021
装丁・本文イラスト－ICA
装丁デザイン－ansyyqdesign
印刷－株式会社暁印刷

価格はカバーに表示されてあります。
落丁乱丁の場合はアルファポリスまでご連絡ください。
送料は小社負担でお取り替えします。

ISBN978-4-434-20204-9 C0193